ROMANS

COLLECTION HETZEL

LA

FILLE DU GARDE

PAR

F. DE GRAMONT

BRUXELLES,
ALPHONSE LEBÈGUE, ÉDITEUR
rue du Jardin d'Idalie

1856

LA

FILLE DU GARDE.

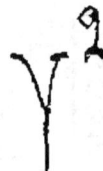

BRUXELLES. — TYP. DE J. VANBUGGENHOUDT,
Rue de Schaerbeek, 12.

COLLECTION HETZEL.

LA

FILLE DU GARDE

PAR

F. DE GRAMONT.

Édition autorisée pour la Belgique et l'Étranger,
interdite pour la France.

BRUXELLES,

ALPHONSE LEBÈGUE, ÉDITEUR,
1, rue des Jardins d'Idalie.

1856

I

Il y a une quinzaine d'années, vers le milieu d'une belle journée de juin, un jeune homme et une jeune fille se rencontrèrent au carrefour de l'étang de Villebon, situé dans le bois de Meudon, à une demi-heure de marche du château.

La jeune fille était charmante; le jeune homme était bien. Je ne dis pas qu'ils fussent beaux : la beauté, en effet, comporte une vigueur qui n'était pas dans la nature de celui-ci, et une maturité dont l'âge de celle-là était encore bien éloigné. En outre, l'épithète a notablement dévié, du moins dans le langage courant, et, en dépit du dictionnaire, une *belle fille* implique quelque chose de grossier, un *bel homme* est ridicule. C'est pour nous, hors du domaine de l'art, un mot déshonoré et quasi perdu. Qu'en faut-il conclure? Il me semble, quant à moi, qu'une expression ne peut guère se dénaturer dans une langue, si l'idée représentée ne s'est obscurcie déjà dans l'esprit de ceux qui parlent cette langue.

Sans *philologuer* davantage, je reviens à mes deux jeunes gens.

Ce n'était pas leur toilette qui pouvait les faire valoir beaucoup ni l'un ni l'autre. La jeune fille était vêtue d'une robe d'indienne blanche et bleue, à corsage plat et montant, à la jupe écourtée et aplatie. Autour de son cou un fichu de mousseline traçait un petit liséré blanc. Elle avait sur la tête un chapeau rond en paille jaunie, garni de rubans bleus passés, et à ses pieds des pantoufles de tresse grise, avec des bas de coton de la même couleur. C'était exactement tout, et c'était, comme on le voit, aussi succinct et aussi vulgaire que possible. De pareils vêtements eussent rendu affreuses beaucoup de figures et de tournures en réputation; ils n'auraient embelli personne, ils n'embellissaient pas celle qui les portait; c'était elle qui les parait,

et elle eût paré non-seulement des haillons, ce qui
va sans dire, mais même une toilette d'épicière
de province endimanchée.

C'est qu'elle avait seize ans, et qu'elle les avait
véritablement et tout à fait, de la tête aux pieds,
en dedans comme au dehors. Sans doute, la plupart des jeunes filles ont cet âge béni une fois dans
leur vie, mais plus ou moins; le nombre de celles
qui l'auront à point et complétement n'est pas immense. Les unes le montreront trop tôt, les autres
trop tard, et, à venir en avril ou en juin, le mois
de mai ne peut que perdre. A l'apogée printanier
il manque toujours, en ce cas, quelque trait,
quelque grâce essentielle, dont aucun emprunt, si
charmant qu'il puisse être, ne compensera, comme
harmonie, la fuite ou le défaut.

Ici, rien ne manquait, et il n'y avait non plus rien
de trop. Ce n'était ni la violette ni la rose, mais le
muguet et l'aubépine; ni l'aube incertaine, ni le
midi splendide, mais la matinée diaphane, quand
le soleil, en rayons obliques et doux, pénètre encore sous les ombrages et y réduit à quelques
perles légères l'averse de larmes de l'aurore. C'était
la clarté sans l'éblouissement, la fraîcheur sans la
brume, l'abondance sans la plénitude, le mois de
mai lui-même enfin, et les seize ans de Dieu,
comme on disait autrefois. C'était de plus un printemps tout de notre pays, que personnifiaient ces

seize ans si justes et si bien venus. La jolie enfant
où ils s'animaient n'offrait pas un trait qui indiquât
une origine étrangère. Ses cheveux châtains, modérément épais et brillants, qui se fondaient autour
du front et aux tempes en un duvet blondissant et
descendaient en vrilles légères sur le cou ; son teint
finement velouté, ni trop blanc ni trop rose ; son
front, d'une jeunesse intacte, mais non inerte ; ses
grands yeux bruns aux cils riants, aux regards
allègres ; son nez délicatement retroussé, ses joues
mobiles et touchées de fossettes, sa bouche d'une
expression innocemment malicieuse, dont les lèvres vermeilles vibraient sans cesse, et, en s'écar-
tant, vous mettaient dans les yeux comme des
rayons d'argent ; son cou rond et bien attaché,
flexible plutôt qu'onduleux ; ses gentilles épaules,
sa taille un peu inclinée, ses pieds même, mignons
dans leur grossière enveloppe, et ses mains gracieuses sous le hâle : tout cela, et plus encore
l'ensemble et le jeu de tout cela, ce qui en fait
la vie et le charme le plus grand, est un produit
exclusif et inaliénable de notre ciel et de notre
terroir.

Le jeune homme à qui était échu le bonheur
inopiné de se rencontrer nez à nez avec ce joli
spécimen de la grâce indigène n'avait pu en voir
si long, pendant l'instant où il lui avait été permis
de le contempler ; mais ce coup d'œil suffisait pour

qu'il demeurât saisi et même légèrement ébahi. Il s'arrêta et salua la jeune fille en se découvrant.

Elle passa rapidement devant lui et descendit au bord de l'étang, sans se retourner, quoiqu'un petit garçon de trois ou quatre ans, gros chérubin rose et bouclé, qu'elle entraînait à moitié suspendu à sa main, se retournât, lui, presque complétement et de la manière la plus incommode pour son guide, afin de regarder l'inconnu.

Celui-ci était donc resté sur la berge, suivant la jeune fille des yeux, jusqu'à ce qu'il la vît s'arrêter, à une vingtaine de pas de l'angle de l'étang, dans un endroit à demi ombragé, où l'eau affleurait à un bord plat et gazonné. Elle fit, après quelques pourparlers, asseoir le bel enfant curieux assez en arrière pour qu'il n'y eût point de danger; puis, s'agenouillant elle-même sur le vert tapis fourni par la nature, elle défit un petit paquet qu'elle avait apporté, en tira quelques fichus et autres menus linges, et se mit en devoir de les savonner, ni plus ni moins que la princesse Nansicaa.

Le jeune homme alors descendit aussi près du bassin, qu'il se mit à côtoyer lentement en sens inverse. Son costume était plus simple encore, s'il est possible, que celui de la jeune fille. Il avait une blouse et un pantalon de toile grise, sur sa tête un chapeau de paille déformé et roussi, à son cou un foulard rouge à pois blancs roulé en corde, sur lequel se rabattait le col d'une chemise à raies blanches et bleues, et à ses pieds des souliers et des guêtres en peau jaune. En outre, il portait en bandoulière, par-dessus sa blouse, une boîte de naturaliste demi-cylindrique en fer-blanc, un petit album carré sous son bras gauche, et à la main droite un bambou léger, long d'environ quatre pieds, et qui ne pouvait être, par conséquent, que le manche d'un échiquier, ainsi qu'on appelle le filet employé pour chasser aux insectes.

De sa personne, comme je l'ai dit, ce jeune naturaliste était bien. Pour m'en tenir à un simple signalement, j'ajouterai qu'il était de moyenne taille, svelte et d'apparence assez délicate : front haut, yeux bleus, nez mince et assez long, modérément courbé ; bouche petite, teint pâle, cheveux châtains, fins et bouclés ; barbe blonde et légère, portée dans son intégrité ; en somme, comme on le voit, un type assez aristocratique, que ne démentaient ni l'expression du visage, froide et même un peu ennuyée, ni ce regard, doux et rigide à la fois, comme une lame d'acier, qui est particulier aux yeux bleus, ni la finesse et la blancheur des mains impunément dégantées, ni la légèreté et l'aisance de la démarche et de tous les mouvements.

Tout en marchant au ras de l'eau immobile et grisâtre, dont il examinait le bord attentivement,—

du moins il en avait l'air, — il avait tiré de dessous sa blouse une petite poche de toile montée sur un cercle de laiton, et l'avait adaptée au bambou qu'il tenait à la main. Il arriva ainsi lentement jusqu'à l'endroit où l'étang, obstrué par des joncs et des herbes, se change en marais et n'a plus de rive, et il revint alors sur ses pas, sans avoir relevé la tête ni les yeux.

A une douzaine de pas du coin correspondant au carrefour, il s'arrêta : il avait aperçu un de ces gros insectes aquatiques, de forme ovale et couleur de bronze, avec un liséré jaunâtre, qu'on appelle des dytiques, lequel était monté à la surface de l'eau pour renouveler sa provision d'air. Le jeune homme leva son filet pour s'emparer de cette proie ; mais l'insecte vigilant plongea aussitôt, et, frétillant entre deux eaux, s'éloigna rapidement dans la direction de la jeune fille, qui, elle, non plus, n'avait pas relevé la tête et semblait absorbée dans son humble occupation.

L'entomologiste, désappointé, avait suivi du regard son dytique fugitif, et, quoiqu'il l'eût perdu de vue, ses yeux étaient restés fixés sur l'eau, dans la même direction, mais à une distance trop grande pour être encore occupés à guetter des insectes.

Dans le miroir diapré de cette eau que le soleil éclairait par places à travers le feuillage espacé des

arbres, le jeune homme avait rencontré l'image de
la jeune fille, la tête inclinée de son côté, les yeux
fixés sur les siens. Il avait compris tout de suite,
après un instant d'étonnement cependant, le
chassez-croisé produit par la réflection auquel il
devait ce charmant échange. C'était seulement
dans son image, reflétée aussi dans l'eau et invisi-
ble pour lui, que la gentille laveuse le regardait si
bien en face, de cet air riant et gracieusement mo-
queur, particulier aux jeunes filles. Il sourit lui-
même du subterfuge. La petite tressaillit visible-
ment, et, rougissante et confuse de sentir sa curiosité découverte, elle se retourna de l'autre côté,
vers son petit compagnon, qui s'était endormi pai-
siblement ; elle suspendit un mouchoir à une bran-
che de genêts pour lui abriter la figure ; puis elle
se remit à son ouvrage, agitant vivement les mains,
comme hâtée d'en finir, et ne risquant plus un
coup d'œil au delà.

Le jeune homme n'avait pas cherché à accroître
ce trouble par son attention. Cependant il n'était
pas parti. Laissant pour le moment l'entomologie
de côté, il s'était débarrassé de sa boîte et de son
filet, et, assis sur le talus, il dessinait sur son petit
album, l'étang qui s'arrondissait devant lui, avec
le chemin pierreux et montant qu'on aperçoit à
droite à travers les branches d'arbres et les buissons de la berge, le treillis de bouleaux en face, sur

la pente rapide qui vient rejoindre la plage où s'installent les blanchisseuses, et le massif de chênes qui va s'affaissant à gauche parmi les saules et les aulnes sous lesquels l'eau elle-même s'effile et se perd.

Après avoir terminé rapidement cette esquisse, il resta à la même place, occupé à contempler le tableau, comme s'il l'eût étudié dans les plus légers détails.

Pour quiconque aime et cherche sincèrement la nature, il n'y a guère en réalité de spectacle plus gracieux et plus intéressant que celui d'un étang au milieu des bois, lorsque l'été lui a restitué et la verdure de son sinueux encadrement et la parure naturelle de ses eaux, avec toute la vie qui s'y associe. Aux heures où le soleil vient surexciter cette vie si multiple et si variée, et donne en même temps aux plantes tout leur relief et tout leur éclat, il est difficile, même au promeneur le plus indifférent, de ne pas accorder quelque attention à ce tableau frémissant et coloré.

Il n'y avait donc rien d'extraordinaire à ce qu'un naturaliste et un dessinateur, comme était le jeune homme qui est mis en scène, s'oubliât complétement à écouter les chants d'amour des grenouilles sous la jonchée, et ceux des oiseaux dans les buissons, et toute cette population de bruits, de chuchotements, de grésillements, de frissons qui s'y joignent et

forment, par leur réunion, une voix si allègre et
si pénétrante. Rien d'étrange assurément à ce que
le regard d'un observateur se complût à revoir les
jeux toujours si neufs de la lumière sur les eaux, à
suivre dans leur sein le contour mouvant des om-
bres et celui des nénufars et des renoncules
étalées à la surface, puis au-dessus les circuits des
innombrables libellules, ces couleuvres aériennes,
annelées, tachetées, marbrées, soyeuses et déliées
comme les reptiles, pimpantes et légères comme
d'autres petits serpents dont elles portent aussi le
nom : les unes mi-parties de bleu et de noir, vole-
tant comme essoufflées au courant de l'air; les
autres vertes et fortes, tourbillonnant impétueu-
sement à la poursuite de leur proie de moucherons;
d'autres encore pareilles à des fils d'azur, suspendus
obliquement à la pointe aiguë des joncs ; d'autres
fauves et dorées, ou rougeâtres, ou safranées;
toutes secouant de leurs ailes diaphanes des traî-
nées d'étincelles argentines.

Il faudrait des volumes pour parfaire la descrip-
tion; mais, si féconde et si attrayante à explorer
que soit la matière, il n'est pas probable que le jeune
homme en lût bien long sans interruption. Ses yeux
discrets n'en témoignaient rien ; mais il eût fallu
être plus qu'ennuyé, plus que blasé, avec les vingt-
six ou vingt-huit ans qu'il pouvait compter, pour ne
pas songer par instants à la charmante figure qui

avait frappé ses regards et qu'un oblique rayon devait lui esquisser encore au coin du tableau, à quelques pas de lui.

Au moment où la jolie créature, après avoir refait son paquet, venait de se relever, se disposant à partir, une vieille femme qui arrivait par le chemin au-dessus, courbée sous un ballot de linge, l'aperçut, et, malgré son fardeau, s'arrêta pour lui souhaiter le bonjour, en l'interpellant du nom de mademoiselle Marguerite, et échanger avec elle quelques phrases banales au sujet du petit garçon et de la santé des uns et des autres.

De ce dialogue il résulta, pour le tiers qui l'écoutait, que la jeune fille avait un joli nom et une jolie voix, le nom et la voix de sa personne, et, de plus, qu'elle était une demoiselle, du moins pour la laveuse.

D'après cette qualification, le jeune homme, qui savait déjà qu'elle devait demeurer au voisinage, jugea probablement qu'elle ne pouvait être que la fille du garde dont l'habitation se trouve placée au-dessus de l'étang, sur la lisière de la forêt.

Ce qu'il y a de certain, c'est qu'environ un quart d'heure après qu'elle eut repris le sentier qui, à travers le bois, monte du carrefour de l'étang vers cette maison, le jeune homme ramassa lui-même son attirail, et, sans plus s'occuper d'histoire naturelle, se dirigea vers le même endroit

par le plus long chemin, c'est-à-dire qu'il fit le
tour du massif que la jeune fille avait coupé de
biais, et arriva ainsi par derrière près de la de-
meure où il supposait qu'elle s'abritait. — Tout
d'abord sa vue fut frappée par quelques petits
linges blancs étalés sur un buisson, dans le jardin,
qui lui prouvèrent que ses conjectures étaient justes.
Il n'y vit pas cependant la jolie fille qui l'attirait,
mais seulement une femme de quarante ans, brune,
robuste et peu vêtue, qui fauchait de l'herbe devant
la maison.

Cette habitation, presque adjacente au château
de Villebon, en est probablement une ancienne dé-
pendance. C'est une grande masure à un étage,
avec cinq fenêtres de façade regardant vers la
plaine; celles du rez-de-chaussée garnies de bar-
reaux de fer. Elle est flanquée, à gauche, d'une tour
carrée à baies étroites,—un ex-pigeonnier évidemment, — derrière lequel, du côté du bois, s'étend
une cour fermée de murs, où on a construit une
écurie et une étable, vu que le garde de Villebon
est à cheval et qu'il possède des vaches, comme
la plupart des gardes des environs de Paris.

Le bâtiment est entouré, des autres côtés, par
un courtil séparé, ou, pour mieux dire, distingué
des champs, en avant, par un simple sillon, et du
chemin, à gauche, par un simulacre de fossé. Ce
terrain a été naguère un véritable jardin. L'entrée

en est marquée par deux magnifiques cèdres ; des
pins, des cytises, des arbres fruitiers, des touffes
de lilas, de boules de neige, de syringas et d'autres
arbustes d'agrément restent parsemés dans l'en-
ceinte ; mais il n'existe plus de divisions tracées
ni d'allées. On a laissé les herbes prairiales en-
vahir le sol tout à leur aise ; peut-être même y
a-t-on aidé pour le plus grand bien de l'étable. Quoi
qu'il en soit, le mélange n'est pas désagréable, surtout à l'époque de l'année indiquée au début de ce
récit. Quelques roses de Bengale luisaient çà et là
aux découpures du tapis, parmi les herbes grêles,
effilées sur une trame fleurie de trèfle blanc et rouge,
de bassinet jaune et de pâquerettes. Des perven-
ches à grandes fleurs, pêle-mêle avec des orties,
redressaient leurs jets hardis et leurs corolles bleues
au long des murs dégradés de la cour et du colom-
bier, où gravissaient plus haut des tiges de houblon
et de vigne vierge, dont les feuillages emmêlés
retombaient ensuite en lambeaux d'inégale lon-
gueur.

Extérieurement, du moins, l'habitation n'était
pas indigne de la charmante enfant, qui, selon
toute apparence, venait d'y rentrer. Le jeune promeneur connaissait déjà cette jolie fabrique du
hasard, et deux ou trois fois il s'était arrêté à en
examiner le curieux et pittoresque détail. Ce jour-
là, il entra dans le jardin même, et demanda à la

faucheuse s'il ne pourrait pas avoir une tasse de lait. Elle répondit que oui, bien entendu, mais sans ajouter un autre mot, et avec un ton et un air des plus bourrus ; et, posant sa faux, elle introduisit le jeune homme dans une salle au rez-de-chaussée, où il fut promptement servi, mais où Marguerite ne se montra point.

Toutefois, il ne resta pas longtemps seul. Il avait à peine fini, tout en émiettant un peu de pain dans son lait, de faire l'inventaire de la pièce où il se trouvait, et qui ne lui avait rien offert de bien particulier, quand le garde lui-même y entra, revenant d'une tournée dans le bois.

C'était un homme de cinquante ans, grand et fort, aux traits réguliers, à l'air et à la tournure militaires.

Il salua le jeune homme et s'assit près de la table de chêne où celui-ci était installé, chacun d'eux en occupant ainsi un bout.

Ce fut encore la virago du jardin qui vint servir son mari, car le garde à cheval était son mari ; il n'y avait pas à en douter d'après la façon dont il lui parlait, quoique l'association pût sembler étrange au premier abord. Cette femme, en effet, avait l'air d'une véritable idiote, pouvant à peine articuler quelques mots ; mais, en fait d'unions matrimoniales, y a-t-il rien de si hétéroclite dont on ait lieu de s'étonner ?

— Vous chassez en temps prohibé, vous, monsieur, dit le garde à son hôte, après quelques minutes de silence où il n'était pas resté oisif.

— Un gibier bien léger, répondit le jeune homme,
et que vous ne devez pas apprécier beaucoup.

— Pourquoi donc, monsieur? Oh! je sais très-
bien que les bêtes n'ont pas besoin d'être bonnes à
manger pour être curieuses. Moi-même, je m'occupe un peu d'histoire naturelle, comme vous pouvez voir.

Et il indiqua du regard une collection d'oiseaux
indigènes assez proprement empaillés, qui garnis-
sait le dessus d'un grand buffet de noyer.

— C'est vous, monsieur, qui avez apprêté ces
oiseaux? demanda le jeune homme.

— Oui, monsieur, et encore j'ai donné les plus
jolis. Et puis maintenant je n'ai plus beaucoup de
temps... J'ai appris cela d'un camarade, quand
j'étais au service.

— Ah! vous avez été militaire?

— Dix ans. J'étais en dernier lieu maréchal
des logis aux grenadiers à cheval de la garde
royale.

— Ah! en vérité... Alors, vous avez dû y connaître M. d'Abron ?

— Si je l'ai connu! mon commandant! Je le
crois bien : c'est lui qui m'a fait entrer dans les
forêts; ma femme avait été à son service, et il a

été le parrain de notre petite. Un digne homme et
un bon militaire! Il a eu pour moi toutes les bontés
possibles. J'ai son image là, dans le cœur. Et vous
l'avez connu aussi, monsieur? Mais vous étiez bien
jeune.

— M. d'Abron était un ami de mon père, et je
suis moi-même son filleul. Je n'avais guère que
quatorze ans quand il est mort, et il y en avait
cinq ou six que nous ne l'avions vu. Je me le rappelle bien pourtant.

— C'est singulier comme on se rencontre! Est-
ce que monsieur votre père était aussi militaire,
monsieur?

— Il l'a été dans sa jeunesse; mais il est maintenant commerçant, car il vit toujours; M. Roland,
fabricant de papiers peints à Orléans, et je me
nomme, par conséquent, Joseph Roland.

— En effet, Joseph, c'était bien le nom de bap-
tême du commandant. — Dis donc, ma femme,
continua le garde, hêlant par la fenêtre sa virile
moitié, qu'on voyait alors occupée à rassembler
l'herbe fauchée, écoute donc un peu ici.

— Qué que tu veux? lui répondit-elle sans s'in-
terrompre.

— Viens un peu parler à monsieur.

— Qué qu'il me veut? Parle-z-y, toi. Faut que
j'aille aux bêtes.

— Eh bien, où est Marguerite?

— Qué que tu lui veux ?

— Je voudrais lui parler.

— Où que tu veux qu'a soit ? A sa chambre, pardi !

— C'est bien... C'est que, voyez-vous, monsieur, reprit-il en se retournant vers Joseph, qui avait admiré sa patience et sa douceur tandis qu'il parlait à cette créature grossière et obstinée, ma pauvre femme est une vraie paysanne : elle ne connaît que ses vaches. Mais ma fille, heureusement, est un peu mieux façonnée. Je veux que vous la voyiez ; car enfin vous êtes un peu comme frère et sœur, devant l'Église, s'entend.

Il alla alors ouvrir une porte au pied de laquelle arrivaient les marches tournantes d'un petit escalier intérieur, et appela la jeune fille, dont la fraîche voix lui répondit aussitôt.

De ses petits pieds agiles, elle dégringola l'escalier et apparut à la porte, près de laquelle elle s'arrêta comme interdite à la vue d'un étranger.

Notez qu'elle avait changé de toilette. Elle avait mis une robe de guingamp rose et blanc, fraîchement repassée, avec une collerette à petits plis. C'était bien simple ; c'était splendide cependant. Il sembla au jeune homme que la salle s'était illuminée. Le père lui-même ne put s'empêcher de dire:

— Comme te voilà belle, mon enfant !

A quoi la petite répondit que c'était sa robe

pour le dimanche prochain qu'elle avait voulu essayer.

Le garde lui répéta l'histoire de Joseph Roland, qu'elle écouta d'un air légèrement incrédule ; mais elle ne parla pas, non plus que celui-ci n'avait fait, de l'entrevue muette qu'ils avaient déjà eue ensemble.

— Vraiment, dit Joseph, je suis charmé de me découvrir une si jolie sœur.

— Vous êtes bien bon, monsieur, répondit-elle avec un petit sourire et une petite révérence qui, pour n'avoir pas été étudiés, n'en étaient ni moins gracieux, ni moins expressifs.

— Je dis ce qui est, mademoiselle, je vous assure.

Nouveau sourire, nouvelle révérence.

— J'espère, dit alors le garde, qui n'avait pas entendu malice à ce dialogue, que vous serez assez bon pour nous faire l'honneur de dîner avec nous. Ma femme n'est pas forte en conversation ; mais sa cuisine vaut mieux que ses paroles. Vous ne demeurez pas loin d'ici, je suppose ?

— A Meudon.

— Alors vous acceptez. Nous causerons de M. d'Abron, et, ce soir, j'irai vous reconduire avec ma fille jusqu'à la route de Meudon.

Joseph ne pouvait refuser cette cordiale invitation sans blesser l'excellent homme qui la lui

adressait. Marguerite elle-même s'y était d'ailleurs associée par un si doux regard, que la tenta-
tion devenait irrésistible. Il accepta donc, et, après
avoir pris rendez-vous pour six heures, il partit
pour continuer sa promenade entomologique, tandis que le garde retournait à ses occupations.

Ils cheminèrent ensemble une demi-heure environ ; ce qui suffit au dernier pour donner tout
l'historique de sa vie.

Il se nommait Pierre Lerond ; il était de l'Anjou,
du pays de M. d'Abron, qui l'avait fait engager
dans son régiment et l'avait fait passer dans la
garde lorsqu'il y était entré lui-même. Une dame
de la connaissance du commandant ayant eu besoin d'une bonne d'enfant, Lerond avait fait venir
à Paris, pour remplir cet office, une petite fille de
son village, sa parente éloignée, et qui était restée
orpheline, sans autre soutien que lui. C'était cette
enfant qui plus tard était devenue sa femme.

— Ç'a été dans son temps une très-jolie fille,
continua-t-il, quoiqu'il ne lui en reste pas grand'-
chose à présent. Elle a toujours été un peu innocente, un peu simple, mais pas beaucoup plus,
quand elle était jeune, que la plupart des filles de
chez nous. C'est sa première maîtresse qui s'était
mis en tête de lui donner de l'éducation, et qui l'a
tant tourmentée pour la faire mordre à la lecture
et à l'écriture, que la pauvre Jeannette en a eu la

cervelle comme nouée pour le reste de ses jours. Les
enfants des campagnes n'ont pas l'intelligence si
prompte que ceux des villes, et il ne faut pas plus
abuser des forces de l'esprit avant le temps que de
celles du corps. Je n'ai appris à lire qu'au régiment,
à vingt ans, et cela ne m'a pas empêché de faire mon
chemin. La situation d'esprit de Jeannette a été
pour moi une raison de plus de l'épouser. Je n'ai
jamais regretté de l'avoir fait ; mais je me suis
bien promis que, si j'avais des enfants, on ne les
instruirait pas de force, et qu'ils n'apprendraient
que ce qu'ils voudraient et quand ils voudraient.
Aussi, voilà ma fille Marguerite : elle sait coudre,
repasser ; c'est elle qui arrange tout le linge de la
maison, qui fait toutes ses petites affaires et celles
de son petit frère ; mais elle ne sait encore ni lire
ni écrire. Elle n'en est pas plus sotte cependant, et
je suis tranquille, quand l'envie lui prendra de s'instruire, ce sera l'affaire de quelques mois.

— Vous êtes un philosophe, monsieur Lerond,
dit Joseph.

— C'est ce que mes chefs et d'autres personnes
m'ont dit quelquefois, monsieur. Si cela veut dire
que je tâche toujours de me raisonner et de savoir
ce que je dois faire avant d'agir, on a raison. Je
n'ai peut-être pas un grand nombre d'idées dans
la tête, mais celles que j'ai, je les y retrouve sans
cesse, et je puis dire que je ne fais qu'un avec elles ,

et que mes actions se moulent dessus comme mes
vêtements sur mon corps. Les idées, dans la vie,
c'est comme les points de direction pour les guides
dans la marche militaire : il faut toujours en avoir
une sur laquelle on se dirige sans jamais en détourner les yeux. Autrement, on dévie à droite et à
gauche et on ne sait plus où on va.

— Ma foi ! dit alors le jeune homme ne plaisan-
tant qu'à demi, j'aurais, pour ma part, grand besoin de prendre des leçons de vous, car ma vie a
été un véritable zigzag. J'espère cependant n'avoir
guère jamais fait de tort qu'à moi-même.

— Eh bien, c'est, j'en suis sûr, un brave garçon à qui vous avez fait tort. Je suis un ignorant
près de vous, sans doute ; mais, après avoir vu
pendant cinquante ans le soleil se lever de ce côté,
je puis au moins vous dire par où il faut aller pour
trouver le jour. A ce soir donc, monsieur ; et
maintenant que je vous ai raconté toutes mes
affaires, nous causerons des vôtres, si cela vous
plaît, bien entendu, et si vous croyez que cela
puisse vous être utile.

II

Joseph, après que le garde l'eut quitté, demeura profondément pensif, à la fois surpris et touché de tout ce que cette nature solide et naïve venait de lui révéler de sagesse, de rectitude et de bonté.

Ainsi qu'il l'avait dit, la leçon tombait juste pour lui. Sa vie jusqu'alors n'avait été, en effet, qu'une promenade dans laquelle il ne s'était jamais occupé que des chemins eux-mêmes, sans s'inquiéter où ils conduisaient. Pour l'engager à un nouveau détour, il n'était besoin ni d'accidents bien remarquables, ni de longues perspectives, ni de mystérieux enfoncements ; un rayon, une fleur, une trace sur le sable, suffisaient à le séduire, et, à défaut de toute découverte, le changement seul était un attrait pour cette imagination mobile et sans contrôle, infatigable dans sa légèreté.

Tout ce qu'il avait dit de lui-même à M. Lerond était exact, quoique la petite Marguerite, avec cette pensée de détours naturelle à son sexe, eût paru en soupçonner la véracité, et que, comme elle, on ait pu croire à quelque déguisement. Ce jeune homme se nommait bien réellement Joseph Roland, et c'était là le nom qu'il avait le plus habituellement porté ; toutefois, sur son acte de naissance s'y ajoutait celui de du Catel, qu'il avait aussi repris par intervalles.

Son père, gentilhomme picard et officier avant la Révolution, avait émigré. Rentré en France après 1804, il avait trouvé tous ses biens vendus, et, ne voulant pas reprendre de service, il avait obtenu un emploi de teneur de livres dans une fabrique considérable de papiers peints à Orléans. Au rebours de ce qu'allaient faire bientôt beaucoup de Martin, de Simon et d'autres roturiers impatients d'appellations si communes, il avait alors déposé son nom de seigneurie, qui n'était plus qu'un luxe inutile et même gênant, pour reprendre

son nom patronymique. Doué d'une grande per-
sistance de caractère et d'une intelligence très-
nette et très-sûre, il était arrivé rapidement à une
entente remarquable du commerce et de l'industrie, et il était devenu le contre-maître et l'associé,
puis le gendre et le successeur de son patron.
Possesseur d'une assez jolie fortune, lorsque la
Restauration était arrivée, il n'en avait pas moins
continué à diriger sa fabrique, restant tout simplement M. Roland. Il était cependant royaliste
sincère ; mais peut-être une noblesse purement
nominative ne lui paraissait-elle qu'une puérilité,
et se fût-il soucié davantage du nom et du titre, si
le domaine et les priviléges lui eussent été également restitués.

Quoi qu'il en soit, il ne s'était pas cru le droit
d'imposer à son fils une renonciation qui lui convenait pour lui-même. Quand celui-ci avait eu
quinze ans, il l'avait instruit des antécédents de sa
famille, et l'avait laissé libre de suivre une carrière
plus en rapport que le commerce avec son illustre
origine.

Joseph avait été singulièrement ému de cette
révélation. C'était un enfant très-intéressant, d'un
caractère aimable et d'une brillante intelligence,
mais dont l'humeur indépendante et l'imagination
capricieuse auraient dès lors inquiété, pour son
avenir, des yeux moins prévenus que ceux d'un

père. Il venait d'achever ses humanités au collége d'Orléans, où il s'était montré, pendant toute la durée de ses études, l'élève le plus distingué et en même temps le plus indisciplinable qu'on y eût connu de mémoire de professeur. Ce n'était pas qu'il eût les défauts et fît tous les méchants tours habituels aux écoliers, qu'il fût tapageur, effronté, raisonneur, ni surtout paresseux, qu'il cassât les vitres, dérobât les pruneaux de l'économe ou les poires du principal, ni qu'il envoyât des élastiques de bretelles ou des boulettes de papier mâché au nez de ses maîtres ; les livres et l'étude étaient sa seule et constante occupation. Seulement, il fallait qu'il travaillât à sa guise. Il avait été absolument impossible de l'asservir pour cela à aucun devoir suivi, à aucune règle établie. Il faisait en grec les thèmes qu'il avait à faire en latin ; à la place d'un discours, il donnait une narration ; au lieu d'une version, une amplification. S'il avait une leçon d'histoire à apprendre, c'était la géographie qu'il étudiait, et réciproquement. Aucun de ses professeurs n'avait pu gagner la moindre chose sur lui à cet égard. Avec son air candide et sa petite figure de fille, il n'en avait jamais fait qu'à sa tête, malgré tous les arguments et toutes les punitions possibles. Comme, en fin de compte, il savait plus et mieux qu'aucun de ses camarades et qu'il emportait régulièrement tous les premiers prix de sa classe, on n'avait pas cru devoir aller jusqu'à l'expulser.

— Prenez-y garde, mon enfant, lui disait quelquefois le vieux principal du collége, si vous continuez ainsi, vous serez propre à tout, et vous n'arriverez jamais à rien.

L'horoscope ne s'était que trop bien réalisé. Joseph, enthousiasmé à l'idée qu'il descendait d'une race de guerroyeurs, l'un desquels, son bisaïeul, était lieutenant général sous Louis XIV, déclara à son père qu'il voulait être militaire. En conséquence, il se prépara pour l'école de Saint-Cyr, et, un an après, il y entrait un des premiers sur la liste d'admission. Il en aurait même tenu tout à fait la tête si, à son examen de mathématiques, il n'eût voulu, suivant son esprit habituel d'insoumission, résoudre par des démonstrations à lui plusieurs des théorèmes qui lui furent posés. Cette audace, loin de lui faire tort, aurait dû peut-être le faire regarder plus favorablement; mais tous les mathématiciens ne sont pas des Biot et des Arago, pour mettre l'aptitude avant la docilité.

Il importait peu, du reste; car Joseph ne fit, pour ainsi dire, qu'apparaître à Saint-Cyr. En quinze jours, il avait recueilli une douzaine de *presses* et plus de soixante jours de piquet, et reconnu qu'il lui était également impossible de se plier à la discipline de la maison et d'accepter la tyrannie des anciens. Il tomba malade, et son père alarmé prit le parti de le retirer.

Joseph revint chez lui, fermement résolu à s'en tenir à la profession adoptive de son père et à lui succéder en simple Roland, sans revendiquer davantage le du Catel. Cette résolution dura environ trois mois, pendant lesquels il ne quitta la fabrique que pour s'occuper des affaires commerciales qui s'y rattachaient.

Au bout de ce temps, parfaitement initié à toute l'industrie des papiers peints, il cessa complétement d'y penser, et, laissant les murailles s'habiller à leur guise, il apprit à monter à cheval, à faire des armes, à danser. Quand, par cet agréable complément d'éducation, il se trouva en mesure de débuter dans le monde avec avantage, il s'éprit tout à coup d'agriculture, et alla passer six mois chez un fermier de son père, menant lui-même la charrue et s'instruisant consciencieusement de tout ce qui est relatif à l'élève des bestiaux et à la culture des terres.

M. Roland crut alors que son fils avait enfin trouvé sa vocation ; et, comme le bail de la ferme allait expirer il lui proposa de ne pas le renouveler et de lui laisser cette propriété pour qu'il la fît valoir lui-même. Joseph demanda quelques jours pour réfléchir, au bout desquels il annonça qu'il désirait faire son droit, afin de défendre un jour la veuve et l'orphelin. Le succès d'un jeune avocat du barreau d'Orléans avait déterminé en lui ce revirement. Le père commença à s'impatienter; mais Joseph était encore si jeune, il déployait une intelligence si peu commune, et, secondé par sa mère, bonne et simple femme qui vivait entièrement en lui, il plaida sa cause avec tant d'habileté et de grâce, que M. Roland fut séduit, sinon convaincu.

Le jeune homme était donc parti pour Paris, où, avec une ardeur vraiment sans pareille, il avait pris coup sur coup deux inscriptions de droit et deux inscriptions de médecine. Après quoi, son père s'étant décidément fâché et lui ayant coupé les vivres, il s'était engagé dans les spahis et était allé faire une campagne contre les Arabes.

Grâce à quelques expéditions pour lesquelles il eut la chance d'arriver à point et où il se conduisit bravement, à la vue d'un pays nouveau, à l'étude des mœurs et de la langue arabes, cette vie l'exalta et le charma toute une année. Pendant une année encore, il resta à ronger son frein, suppliant en vain son père de lui fournir les moyens de quitter le service. Quoique déjà maréchal des logis et décoré, il en était à rouler dans sa tête les idées les plus désespérées, lorsqu'il reçut la nouvelle de la mort de sa mère, de la dot de laquelle il héritait. Il se fit immédiatement remplacer et

revint en France. Il avait alors vingt-deux ans
passés.

Douloureusement affecté par la perte qu'il venait de faire, et se reprochant amèrement d'avoir
attristé et peut-être même avancé les derniers
moments de son excellente mère, il se résolut
alors à renoncer au monde, et toutes les instances
de son père n'aboutirent qu'à l'empêcher de partir
pour la Chartreuse; mais il passa six mois au sé-
minaire, et en sortit pour retourner à Paris, afin
d'y suivre la carrière des arts, à laquelle, suivant
lui, la variété de ses connaissances le rendait éminemment propre; son père avait renoncé à lui
adresser même aucune représentation.

Dans le but sans doute de parachever encore
son éducation, Joseph commença, en fait d'art,
par s'initier à celui du dandysme et de la vie élégante; il y prit ses degrés sans lésiner.

Le comte du Catel (car il s'était de nouveau
dérolandisé) eut des chevaux, des voitures, un
valet de chambre et un groom, avec tout ce qui
s'ensuit. Il joua, paria, donna des dîners et des
fêtes, se promena aux eaux d'Allemagne et de
France, fit des excursions en Suisse, en Italie et
en Écosse, si bien qu'en deux ans il eut dépensé
les cent mille francs qui lui étaient revenus; il ne
lui en restait qu'une cinquantaine de mille francs
de dettes pour lesquelles, après la saisie et la

vente de ses chevaux et de son mobilier, il fut de surcroît interné à Clichy. Il n'osa point faire part à son père de ses embarras ; mais celui-ci, en ayant eu connaissance indirectement, vint de lui-même l'en délivrer ; il solda intégralement tous les créanciers de Joseph, y compris les usuriers, parce que, selon lui, quand on avait pris des engagements, on devait les tenir rigoureusement, même envers de malhonnêtes gens.

— Ainsi, dit-il à Joseph, n'empruntez plus, car ce serait de votre part une friponnerie ; je suis résolu à ne pas payer dorénavant un sou pour vous ; il ne me reste absolument que ma fabrique, avec les capitaux nécessaires pour la faire marcher. Je ne prétends pas, pour vos folies, mettre sur le pavé tous les bons ouvriers et les pères de famille qu'elle fait vivre, ni me mettre moi-même sur la paille. En vérité, c'était bien la peine de reprendre le nom de vos pères pour le conduire en un lieu pareil ; j'ai eu plus de pudeur que vous, et pourtant, si j'ai dérogé, moi, je n'ai pas manqué à l'honneur.

— Mon père...

— Eh ! mon Dieu, je ne vais pas trop loin, et vous vous êtes rendu justice à vous-même, car ce ruban auquel le nom de l'honneur est attaché, vous avez senti que décemment vous ne pouviez plus le porter.

— Il y a plus d'un an que j'y ai renoncé, et je suis résolu à ne jamais le reprendre; j'ai fait ce sacrifice à mes convictions politiques.

— Ah! vous avez aussi des convictions politiques; est-ce sur elles que vous comptez pour vivre?

— Non, mon père; il y a, au contraire, beaucoup de carrières qu'elles m'interdisent; mais la littérature me fournira, j'espère, des moyens suffisants d'existence; c'est une profession à laquelle la vie même que j'ai menée et la variété des connaissances que j'ai acquises...

— Vous rendent éminemment propre; je connais la phrase, vous en changez moins souvent que de profession, à ce que je vois; cela me paraît d'un augure assez médiocre pour vos succès littéraires. Je ne vous propose pas cependant de revenir à Orléans : vos folies et votre déconfiture y sont connues, et le séjour, par suite, vous en serait peu agréable; qu'y feriez-vous d'ailleurs? Restez donc à Paris. Quoique je vous aie parlé durement, je sais que vous avez de bons sentiments, et que votre cœur est honnête au fond : tant que vous n'avez rien eu, vous n'avez point fait de dépenses exagérées; mais cent mille francs! vous avez cru cette fortune inépuisable. Maintenant que vous voilà pauvre de nouveau, vous reviendrez, j'aime à le croire, à votre modération naturelle.

— Oh ! les privations mêmes ne me paraîtront pas pénibles ; je commençais, je vous assure, à être bien las de cette vie tournoyante.

— Je le crois sans peine ; cependant, pour que le changement ne vous paraisse pas trop rude au début, et que vous puissiez vous livrer en paix à votre nouvelle tentative, qui, je le crains bien, ne sera pas la dernière, je vous ferai une petite pension de cent cinquante francs par mois, juste de quoi ne pas mourir de faim.

— Je vous remercie, mon père, mais permettez-moi de ne pas accepter.

— Et pourquoi ?

— D'abord, parce que ma prodigalité vous a déjà coûté assez cher, et qu'il est bien juste que j'en porte aussi un peu la peine ; ensuite, je suis convaincu...

— Ah ! encore des convictions.

— Oui, je crois que, pour le métier auquel je désire me vouer, c'est une condition favorable de se trouver aux prises avec la nécessité ; cela empêche de s'endormir.

— C'est possible, mais l'oreiller que je vous offre n'a rien de trop mollet ; enfin, vous le trouverez toujours à votre disposition.

Sur ce point, le jeune homme avait tenu bon, malgré les instances et les arguments de son père ; dépouillant de nouveau son nom et son titre, il

s'était installé, ou, pour mieux dire, juché dans
une mansarde, et s'était mis à la besogne bravement et presque joyeusement. Grâce à quelques
relations acquises pendant les jours de sa splendeur,
il fit, sans trop de difficulté, accueillir son papier
noirci dans les recueils périodiques et dans les
journaux, plus nombreux à cette époque et moins
encombrés qu'aujourd'hui ; enfin, si sa plume ne le
fit pas précisément vivre, du moins elle l'empêcha
de mourir de faim. C'était beaucoup, et cela lui
suffisait. Cette vie de labeur indépendant, où il
pouvait faire du jour la nuit, et réciproquement,
et travailler à bâtons rompus, sans jours ni heures
fixes, sans ordre ni contrôle, cette vie lui convenait en réalité mieux qu'aucune autre. La partie
matérielle et mercantile ne lui en déplaisait même
pas ; il y avait là une lutte nouvelle pour lui, et
qui n'est pas sans attrait pour des esprits beaucoup
moins avides d'agitations que n'était le sien.

Malheureusement, il alla trop loin, ainsi qu'on
devait s'y attendre ; sa passion pour le métier et
la partie usuelle de la littérature fut bientôt épuisée,
et il porta ses vues, non pas d'un autre côté, mais
plus haut, ce qui, matériellement parlant, était
plus fâcheux encore qu'une variation complète. Le
démon de la poésie (expression des plus justes)
s'empara de lui, amené par un autre démon, celui
de l'amour, aux griffes duquel Joseph avait jus-

qu'alors échappé. A vingt-six ans, il n'avait eu encore, pour ainsi dire, rien à démêler, sinon avec les femmes, du moins avec son cœur.

Ce fut alors que, dans une des rares maisons du monde où il avait continué à aller de temps en temps, il rencontra une femme d'une beauté remarquable, étrange même, et qui n'en était que plus séduisante.

Elle se nommait madame P...; elle était veuve et fort riche, et menait une vie assez mystérieuse, disparaissant de Paris et y reparaissant à intervalles irréguliers, sans tenir aucun compte des saisons ni de la mode, se montrant avec des robes de mousseline au cœur de l'hiver, et avec du velours et des fourrures au mois de juin, recevant chez elle les gens les plus disparates ; bref, un astre excentrique, une véritable comète du monde parisien. Elle accorda à Joseph une attention marquée, et, sans même chercher de prétexte, l'invita immédiatement à venir chez elle. Comme, avec une crainte instinctive, il s'en excusait, alléguant qu'il avait presque entièrement renoncé au monde, elle lui indiqua gracieusement une heure de la journée où il serait sûr de la trouver toujours et de la trouver seule.

Deux jours après, il y alla, et il y retourna presque tous les jours. Madame P... mit en œuvre, pour lui tourner la tête, les ressources multiples

d'un esprit de Célimène et de la coquetterie la plus
savante. Elle eut l'art de revenir sur ses premières
avances et de le promener dans tout le labyrinthe
des incertitudes et des espérances amoureuses; il
fallut qu'il y cueillît, fleur à fleur, le bouquet em-
baumé des aveux et des promesses. Il se soumit à
toutes les exigences et les caprices où elle se plut
à l'enchevêtrer; il l'aima, pour sa part, avec une
candeur d'enfant, sans détour ni arrière-pensée,
avec une ferveur où s'absorba toute sa vie. Ce travail dura environ trois mois, au bout desquels Joseph obtint le bonheur ineffable d'entendre le mot
je t'aime nettement articulé par les lèvres de sa
divinité. Je n'essayerai pas de décrire ses transports
et son extase; pour ceux qui en ont éprouvé de
pareils, ce serait inutile, et pour les autres, fasti-
dieux; ce fut, en un mot, tout ce qu'il y a de
mieux.

Le lendemain, quand il courut chez son idole, il
fut stupéfait d'apprendre qu'elle était partie le
matin pour un voyage qui la retiendrait probablement deux ou trois mois absente; on ignorait,
d'ailleurs, où elle était allée, et il fut impossible à
Joseph de découvrir la direction qu'elle avait
prise.

Que voulait dire ce départ si soudain avec ces
précautions étranges? Madame P... avait-elle fui
effrayée par la violence de l'amour qu'elle lui avait

inspiré; ou bien était-ce de son propre cœur qu'elle avait craint les entraînements? Mais elle devait bien savoir que son amant était trop sincèrement, trop profondément épris pour se montrer jamais exigeant; et quant à elle, hélas! le désolé Joseph était bien obligé de se l'avouer, elle n'avait aucune raison de se défier de sa force d'âme et de son sang-froid. Qu'un autre amour fût la cause de cette fugue mystérieuse, c'était inadmissible. Que penser alors? que supposer?

Joseph attendit, au milieu d'angoisses inexprimables, qu'une lettre vînt le lui apprendre; mais il ne reçut pas le plus léger message. Il se renferma donc dans sa chambre et dans sa douleur, mettant, pour tuer le temps, des rimes à ses sanglots, ce qui est, quoi qu'on en puisse croire, un assez médiocre calmant.

Au bout de deux mois de ce divertissement désespéré, il reçut, un matin, un petit billet parfumé dont le contact, avant même qu'il en eût lu la suscription, le frappa au cœur d'un coup électrique. Il ne contenait que ces mots:

« Si M. Roland n'a pas oublié une ancienne
» amie, elle sera, pour sa part, très-heureuse de
» le revoir.

» HENRIETTE P... »

C'était succinct; mais, depuis Molière, on a

traduit en français le proverbe : *Verba volant ; scripta manent*, et les coquettes en ont fait leur profit. Elles ne prodiguent plus leur prose au premier Acaste venu. Avec elles, tout se passe en conversation.

Joseph arriva chez madame P..., frémissant et indigné, presque menaçant.

Elle ne parut nullement s'apercevoir du trouble où il était ; elle le reçut en ami, ni plus ni moins, et comme s'il ne s'était jamais rien passé de particulier entre elle et lui.

L'amertume et le courroux amassés depuis deux mois dans le cœur du jeune homme éclatèrent alors par des reproches sanglants et de véhémentes interrogations. Elle accueillit cette explosion tragique d'un air d'étonnement souriant et de pitié contenue qui porta à son comble l'exaspération de Joseph.

— Partir ainsi, madame ! lui disait-il.

— Mais, mon Dieu, répondait-elle, je ne pars jamais autrement.

— Sans m'en rien dire !

— Je n'en ai pas eu le temps. J'ignorais la veille que je partirais le lendemain.

— Sans m'écrire un mot !

— Je n'ai écrit à personne.

— Mais à moi, madame !

— Eh bien, à vous ?

— Comment, madame, à moi ! Mais ce que vous m'avez dit la veille de ce départ, voudriez-vous me persuader que je l'aie rêvé ?

— Non, je me le rappelle : nous avons été bien peu raisonnables l'un et l'autre ; mais, vous le savez, les plus courtes folies sont les meilleures.

— C'était donc un jeu de votre part ?

— Qui vous dit cela ?

— On ne change pas si vite, lorsqu'on est sincère.

— Il paraît que si.

— Il fallait m'en prévenir alors, ne pas m'accueillir, me permettre de vous voir, de vous aimer ; ne pas me laisser croire que vous fussiez capable d'aimer vous-même.

— Allez-vous maintenant me faire un reproche d'avoir été trop gracieuse pour vous ?

— Oui, je vous le reproche. Oui, ce que vous avez fait là est affreux ; c'est une déloyauté indigne ! Vous m'avez donné une bulle de savon au lieu d'un diamant.

— Dame, mon cher poëte, vous connaissez le proverbe : « La plus jolie fille du monde ne peut donner que ce qu'elle a. »

— Très-bien, madame ; après m'avoir brisé et déchiré le cœur, moquez-vous de mon désespoir, divertissez-vous de mes tortures. Oui, vous avez raison, je suis bien ridicule de souffrir et de me désoler ainsi.

— Vous ne vous apercevez pas aussi que vous me dites des choses très-dures et avec une très-grosse voix. Vous avez souffert, je le regrette, je vous assure; mais je n'en puis mais. J'aurais dû, dites-vous, vous instruire de mon caractère; pour cela, il m'aurait fallu le connaître. On ne se connaît jamais soi-même. Moins que personne, je sais ce que je ferai et de quels sentiments je suis capable. En somme, mon ami, de quoi vous plai-gnez-vous? vous êtes la première personne à qui j'aie pensé et que j'aie vue depuis mon retour. Vous pourrez revenir tant qu'il vous plaira, comme par le passé, me voir comme une amie, ou me faire la cour, à votre choix. Si j'ai changé, je puis changer encore, et, si cela arrive, je ne vous le cacherai pas, vous en pouvez être sûr. Voyons, ne suis-je pas très-bonne pour vous?

— Oui, madame, et vous devez voir sur ma figure comme mon cœur s'épanouit à cette bonté. Henriette, Henriette, au nom du ciel, ne me ren-dez pas fou: dites-moi que tout cela n'est pas sérieux, que c'est une épreuve à laquelle il vous a plu de me soumettre; dites-moi ce que vous vou-drez, pourvu que vous ajoutiez que vous m'aimez toujours.

— Mais certainement, je vous aime beaucoup, et je vous le prouve assez, ce me semble.

— Dites-moi que vous m'aimez tout à fait, que tu m'aimes enfin.

— Ah ! pour cela, je n'en sais rien.

— Henriette, je t'en conjure.

— Impossible : je ne veux pas risquer de vous tromper.

— Oui ou non, alors.

— Nous verrons cela plus tard.

— Tout de suite ou jamais.

— Je ne veux pas risquer de me tromper moi-même.

— Vous ne voulez pas me répondre?

— Je ne le puis pas.

— Décidément?

— Décidément.

— Puisqu'il en est ainsi, vous ne me reverrez jamais.

— J'en serais bien fâchée; mais j'espère que vous ne me tiendrez pas rigueur et que vous me reviendrez.

— Jamais.

— Vous aurez tort.

— Et vous me regretterez?

— Certainement; mais en cela j'aurai tort moi-même.

— Adieu, madame.

— A bientôt, monsieur.

— C'est un adieu, je vous le jure, et qui sera éternel.

— Un adieu, soit, puisque vous le voulez.

III

La blessure de Joseph était profonde ; elle saigna longtemps et abondamment.

Par un contraste qui n'a rien d'extraordinaire, quoiqu'il fût plus frappant chez lui que chez tout autre, il n'avait point dans ses sentiments la mobilité qu'il révélait dans ses idées, et surtout dans ses goûts. Il n'était pas non plus incapable de tenir une résolution, quand l'exécution en était purement négative et qu'elle ne l'obligeait qu'à s'abstenir.

Depuis sa liaison avec madame P... entièrement absorbé par sa passion, il avait à peu près abandonné les travaux de littérature usuelle. Aussi n'avait-il pas tardé à se trouver assailli par des besoins assez pressants. Il avait tenu bon néanmoins sans recourir une seule fois au crédit que son père lui avait ouvert. Envers madame P..., il ne montra pas moins de fermeté, et, bien que son souvenir le préoccupât sans cesse, au point d'affecter sa santé, il ne fit pas la plus légère tentative pour se rapprocher d'elle. Il faut dire qu'elle n'essaya pas non plus de le ramener à ses pieds. Soit orgueil, soit légèreté, elle parut l'avoir complétement oublié. Ce ne fut qu'un an plus tard environ qu'elle le fit prier, par une de leurs connaissances communes, de vouloir bien passer chez elle, pour quelque renseignement dont elle avait besoin et qu'elle le savait en mesure de lui donner.

Joseph ne crut pas devoir décliner cette invitation. En cette circonstance, madame P... n'était pour lui qu'une étrangère, une femme comme une autre. Si c'était là un sophisme qu'il se faisait, il n'alla pas du moins plus loin que les prémisses. Il renferma en lui-même toute l'émotion, toutes les sollicitations de son cœur. Il fut froidement poli, sérieux sans affectation et sans embarras. Pourtant il avait vu tout de suite que le renseignement était un pur prétexte.

Henriette, troublée en apparence comme une jeune fille, inquiète, presque tremblante, semblait lui demander du regard quelque mot d'encouragement pour des paroles auxquelles ses lèvres s'ouvraient sans oser les prononcer. Joseph ne broncha pas ; il n'eut pas l'air de s'apercevoir de l'attitude nouvelle qu'elle prenait vis-à-vis de lui, ni de ses muettes supplications, bien jouées du reste, si elles n'étaient pas sincères. Il restreignit la conversation à l'objet pour lequel il était venu et sa visite aux limites les plus strictes, et prit congé de madame P... comme d'une personne avec laquelle il ne se trouvait qu'en relation fortuite. L'épreuve avait été rude ; et s'il n'y avait pas été vaincu, il n'en était pas pour cela plus triomphant. Il avait senti, dans cette entrevue, qu'il était tout juste assez fort pour résister à madame P... en personne ; mais l'image charmante de cette singulière créature n'en demeurait pas moins la maîtresse de ses pensées et le regret incessant de son cœur.

De cette aventure il résulta donc pour lui beaucoup de tristesse, laquelle se traduisit par un volume de poésies élégiaques assez incorrectes dans la forme, mais d'une vérité de sentiments et d'une fraîcheur d'images vraiment remarquables, et qui en effet les firent remarquer. Le succès en fut aussi grand, sinon aussi consolant, que Joseph pouvait le désirer.

Sa position matérielle n'en fut pas, du reste, directement améliorée. De nos jours, la poésie coûte cher à ceux qui la pratiquent avec un caractère indépendant. Même pour les plus heureux, elle s'escompte toujours par une perte de temps considérable dont ils ne peuvent se récupérer qu'à de très-longues échéances, et presque exclusivement par l'intermédiaire de la prose.

Joseph se trouvait dans une situation morale où il lui était impossible de s'abstraire de lui-même et de rien exprimer que des sentiments et des émotions personnelles qui n'étaient pas du ressort de la prose. D'un autre côté, il fallait pourtant, sous peine d'une nouvelle catastrophe, qu'il trouvât moyen de combler le déficit ou, pour mieux dire, le vide produit dans ses finances par cette renonciation nouvelle et cette fois assez bien justifiée. Fidèle à la résolution qu'il avait prise de ne pas recourir à la bourse paternelle, il fut tout heureux, sous le coup d'une nécessité menaçante, d'obtenir, dans une administration d'assurances, un emploi assez médiocre, mais au-dessus duquel, avec son intelligence, il ne tarderait pas à s'élever, lui disait-on.

Le voilà donc, lui, le poëte, le dandy, le soldat, après tant de péripéties, de courses et d'évolutions capricieuses, après avoir fait le coup de sabre avec les cavaliers d'Abd-el-Kader, après avoir brillé aux

eaux, aux courses et sur le boulevard des Italiens,
le voilà, au lendemain d'un brillant succès litté-
raire, incarcéré dans une de ces ruches aux cellu-
les silencieuses, où se fabriquent des paperasses en
guise de miel, un de ces grands bureaux industriels,
si froids à la vue, si sombres aux cœurs, malgré la
chaleur étouffante des calorifères et la clarté des
hautes fenêtres sans rideaux.

Joseph regarda avec une véritable épouvante
les cartons verts, étiquetés de lettres de l'alphabet,
tapissant les parois du haut en bas, les tables noires
alignées et uniformes, les registres in-folio, à dos
terne, portant pour titres des numéros, les carrés
de papier avec les en-têtes imprimés, et enfin, ce
qui lui fit encore l'effet le plus lugubre, la physionomie soucieusement inerte de tous les employés
dont il devenait le collègue.

Au sein de cette atmosphère de chiffres, de
toutes ces choses pareilles, de ces lignes droites,
de ces angles droits et de ces têtes baissées, il se
sentait plus perdu, plus misérable, que s'il se fût
trouvé au fond d'une forêt vierge d'Amérique ou
au milieu des steppes de la Russie, plus effaré qu'un
animal sauvage enfermé tout à coup dans une loge
de ménagerie.

Ses yeux se brouillaient, ses oreilles tintaient, sa
poitrine se gonflait, ses genoux frissonnaient; in-
stinctivement, il cherchait une issue par où s'échap-

per, comme s'il eût été soumis à l'action d'une machine pneumatique.

Il fit un effort héroïque pour secouer cette asphyxie, et, s'armant d'une plume de fer (c'était la première fois qu'il se servait d'un outil de ce genre), sans désemparer, il copia deux polices, ainsi que se nomment certaines choses à l'usage des compagnies d'assurances; puis, cette œuvre accomplie, il se précipita sur son chapeau et se sauva dehors. Il tombait une pluie battante, et il faisait une boue inouïe même à Paris. Joseph détestait la pluie et la boue; mais jamais il ne fut si diverti de se promener sur le sable d'un jardin ou le gazon fin des bois par un beau soleil printanier, qu'il le fut alors de patauger sous l'averse dans le marécage des rues.

Il rentra chez lui trempé jusqu'aux os, crotté jusqu'au cou, mais léger, dispos, épanoui. Il était libre! libre... enfin! Il éprouva une joie d'enfant, un véritable attendrissement en revoyant son bureau de merisier émaillé de taches d'encre, ses livres de formats divers, ses papiers inégaux, ses plumes de canard aux becs biscornus, en se retrouvant dans sa pauvre petite chambre, sa chambre à lui, au milieu de tous les objets hétéroclites qui la vivifiaient, sympathiques et souriants dans leur désordre. Comment avait-il eu le cœur de s'en séparer, de renoncer à tout ce qu'ils représentaient

pour lui, à ses souvenirs, à ses espérances, à ses
rêves, à sa pensée? Plutôt que de s'abdiquer ainsi
soi-même, ne valait-il pas mieux, pour se tirer
d'affaire, se tordre le cerveau et travailler jour et
nuit, jusqu'à en être exténué, mais du moins sans
se subalterniser ni subir de pression immédiate que
de sa propre volonté?

Ce fut ce que fit Joseph.

Maintenu dans sa détermination par le spectre
du bureau, qui se dressait devant lui à la moindre
défaillance, il passa six mois, un automne et un
hiver, presque sans sortir de chez lui. Cette énergie
inaccoutumée obtint tout le succès qu'elle pouvait
avoir, sinon tout celui qu'elle méritait; si bien
que, le printemps arrivé, Joseph se trouva avec
quelques centaines de francs en poche, qui ne
devaient rien à personne; et il avait, en outre,
des travaux placés ou achevés pour une valeur
d'un millier de francs environ. C'étaient six mois de
tranquillité assurée. Six mois, pour lui, c'était un
immense avenir, un horizon océanique. Fatigué
d'esprit et de corps après un si vaillant coup de
collier, il sentit le besoin de se mettre au vert, et il
crut avoir le droit, aussi bien que les moyens,
de jeter bas son harnais et de dételer pour tout
l'été.

Ce fut alors qu'il partit pour Meudon, où nous
l'avons rencontré, flânant à travers le bois, chas-

sant des insectes, croquant des paysages et suivant une jolie fille à la piste jusque dans le réduit paternel.

On doit le savoir maintenant, malgré cette dernière circonstance et les airs sournois qu'il s'y était donnés, Joseph Roland n'était rien moins qu'un séducteur. A travers tous les soubresauts de son existence, toutes les divagations de son esprit, il avait, au contraire, conservé une extrême jeunesse de cœur et une candeur de sentiments presque puérile ; ce qui n'est pas aussi inouï qu'on pourrait le supposer, dans ce siècle de froide corruption. Il était, non pas une exception unique, mais tout au plus l'exagération d'un type assez répandu bien qu'anormal, celui des individus déclassés, à la formation duquel, plus encore que tous nos bouleversements sociaux, ont contribué peut-être les mésalliances qu'ils ont amenées. Joseph, comme on doit se le rappeler, devait le jour à une de ces unions inégales, si mal vues par Manou et par la plupart des grands législateurs de l'antiquité. Presque tous, en effet, non-seulement les ont déclarées funestes, et, à ce titre, impies, mais encore en ont frappé les produits d'anathème et les ont rejetés de la société. Etait-ce simplement préjugé de la part de ces esprits prodigieux et en même temps si humains, dont les œuvres révèlent une telle profondeur d'observation unie à tant de puissance de logique ?

L'assertion, téméraire à première vue, aurait de la peine, je crois, à être prouvée en forme. Ce n'est pas ici le lieu de la combattre méthodiquement ; mais il est visible que le résultat des mésalliances doit toujours être la dislocation des familles et non le rapprochement des classes auxquelles appartiennent les contractants. Elles relâchent les liens sociaux existants, et, loin d'en créer de nouveaux, elles ravivent encore les sentiments d'inimitié naturels entre les castes ; car, on aura beau faire, il y aura toujours des castes, patentes et effectives, sinon légales et organisées. Le fait ne dépend pas de l'homme ; il a pu seulement y introduire le défaut et l'ériger en qualité, sous le nom de progrès, mot commode qui a comblé tant de lacunes dans les argumentations de la politique moderne.

L'histoire fourmille d'exemples confirmatifs du rôle funeste ou pénible attribué dans l'humanité aux hybrides de toutes catégories. Souvent malfaisants, ils seront tout au moins stériles, moralement parlant, comme le sont matériellement les hybrides animaux, hors le cas, fort rare désormais dans la nature comme dans la civilisation, où les uns et les autres formeraient la tige d'une race nouvelle. On connaît l'initiative exercée par les mulâtres dans les sanglants événements de Saint-Domingue ; on peut dire, sans doute, que l'oppression seule anima leurs passions sauvages et leurs désastreuses fureurs ; mais, une fois libres, qu'ont-ils produit ?

En dehors des faits collectifs ou culminants, les seuls que l'histoire puisse enregistrer, on en trouverait une multitude d'obscurs, qui viendraient à l'appui de la théorie que j'énonce et qui, bien entendu, ne peut pas être absolue. Il n'est presque personne qui, en regardant autour de soi, n'en découvrît d'assez probants ; presque personne à qui l'examen ne révélât quelqu'un de ces métis sociaux dont les particularités d'existence ne sauraient s'expliquer que par celle de leur origine. En effet, ils ne présentent point avec leurs compatriotes ordinaires de différences caractéristiques réelles, ou qui, du moins, soient appréciables à l'œil nu ; ils en sont séparés, mais non distincts. Organisations énergiques ou faibles, actives ou paresseuses, brillantes ou ternes, sincères ou fausses, ils sont en apparence comme les premiers venus. Leur individualisme ne gît guère que dans leur destinée décousue, même sans désordre ; inquiète, même sans être agitée ; toujours inégale à leurs vertus comme à leurs vices, à leurs défauts comme à leurs qualités. Suspendus aux intervalles de l'échelle sociale, ils ne peuvent prendre pied sur aucun échelon. Il n'existe point d'habit à leur taille dans le vestiaire des professions humaines,

où, chose bizarre, à mesure que la conformation
se diversifie, la coupe des vêtements devient plus
uniforme. Trois ou quatre modèles, sans plus,
entre lesquels il faut choisir. Tans pis si l'on se
sent gêné et si l'on est mal habillé. C'est à quoi
l'on se résigne en général. L'originalité de Joseph
consistait uniquement à ne pas vouloir s'accom-
moder ainsi d'un à peu près.

Ce scrupule, cette délicatesse, ou, si l'on veut,
cette exigence qu'il montrait dans l'emploi de sa
vie, il la portait, ainsi qu'on l'a vu, jusque dans
ses affections, avec cette différence, toutefois, que
sa volonté, soumise à toutes les variations de son
esprit et s'unissant complétement aux goûts de
celui-ci, dominait, au contraire, les manifestations
de son cœur, mais sans en absorber les sentiments. Ainsi, lui qui n'avait pas eu la force de
supporter pendant une heure le séjour d'un bureau, et qui l'avait fui sans se blâmer un instant,
il avait bien su se faire violence pour s'éloigner de
madame P..., de la pensée de laquelle il lui était
cependant impossible de se défaire et qui restait
pour lui un attrait et une préoccupation incess-
sante. En cela, il n'offrait rien de phénoménal. Les
hommes tout d'une pièce sont peu communs.
Presque tous révèlent de semblables disparates de
caractère. Leurs vertus, leurs qualités, leurs
vices, leurs défauts, leurs faiblesses sont très-rare-

ment sans lacunes; de sorte que, s'il est permis de s'exprimer ainsi, l'imperfection même chez eux est imparfaite.

Le travail assidu auquel Joseph s'était contraint pendant six mois, par amour de l'indépendance, avait réduit en quelque sorte à l'état latent le souvenir vivant dans son âme; mais ce n'était rien de plus qu'une trêve : il s'en aperçut dès qu'il se permit de respirer. Dans la solitude de la campagne, il sentit immédiatement, par une de ces réactions qui suivent souvent les excès cérébraux, son cœur agité de souffrances plus poignantes et de regrets plus amers qu'au lendemain même de la séparation qu'il s'était imposée.

C'était d'autant plus triste, que cette séparation ne lui avait rien ôté. Plus malheureux qu'Ixion, il embrassait une ombre dont la réalité n'existait pas, et il ne pouvait garder l'absurde espérance d'attendrir une divinité purement illusoire.

Dans une si fâcheuse situation, il n'y avait qu'un nouvel amour qui pût le guérir. Le clou était enfoncé jusqu'au delà de la tête; il fallait qu'un autre vînt le chasser. Mais c'est là un moyen que n'aperçoivent jamais les gens épris, absorbés qu'ils sont par l'objet présent. Aussi Joseph était-il profondément découragé. Pour la première fois de sa vie, il éprouva, en portant les yeux devant soi, ce sentiment de froide désolation analogue à celui que

cause la vue du désert, et qui est un des symptômes
du déclin de la jeunesse. Le monde n'apparaît plus
réellement que comme une plaine aride et dépeu-
plée, où le moindre objet qui se ranime fixe aussitôt
le regard fatigué d'errer inutilement.

Tel était le sens de l'attention que Joseph avait
accordée à la jolie Marguerite, la fille du garde. Il
l'avait remarquée comme il eût remarqué une gracieuse fleurette, un papillon élégant, et, en la
suivant, il n'avait d'autre idée que de la contempler quelques instants de plus; en la revoyant, il
ne voulait que la revoir. C'était déjà beaucoup
pour lui qu'une distraction si légère. Il ne se flattait pas que son cœur, après ses yeux, pût y être
intéressé, et qu'il fût donné à cette innocente et
inculte enfant de supplanter la prestigieuse et res-
plendissante image dont il était possédé. Il était,
d'ailleurs, entièrement incapable de ce mauvais
sentiment, si naturel, à en croire tant de romans
modernes, et qui porte les martyrs de l'amour à se
venger sur toutes les femmes des cruautés et de la
trahison d'une seule.

En outre, il faut le dire pour qu'on n'attribue pas
au jeune homme plus de mérite qu'il n'en avait en
réalité, Marguerite, jouant à la demoiselle dans la
salle enfumée de la garderie et *faisant les hon-
neurs* de la table de son père, perdait notablement
de l'auréole poétique qui l'environnait au bord du

frais étang de Villebon. Il semblait que, pour briller de tout son éclat, elle eût besoin du grand jour et du grand air, pareille à ces fleurs agrestes, si séduisantes et si vives dans leur encadrement de mousse et de verdure, et dont la grâce s'altère et le rayon se ternit dès qu'on les sépare de ce primitif entourage.

La comparaison n'est pas toutefois d'une complète exactitude ; car, réduite à elle-même et n'étant plus regardée à travers le prisme irisé de l'idylle, la jeune fille offrait encore des attraits dignes des plus flatteuses épithètes et des exclamations les plus admiratives. Elle était bien véritablement charmante, ravissante, délicieuse, mais une charmante, ravissante, délicieuse grisette, et non plus, comme elle semblait d'abord et à distance, une simple petite sauvage, une intacte production de la nature, une fleurette du bon Dieu, enfin, dans toute son ingénuité native.

Mademoiselle Lerond ne savait pas lire : elle n'avait donc pas lu de romans ; mais, hélas ! à deux lieues de Paris, les romans sont dans l'air, principalement les mauvais, et Marguerite en avait respiré d'assez longues bouffées dans les babillages de ses compagnes de Meudon et dans les compliments jetés à l'adresse de sa beauté par les galants promeneurs du dimanche. C'était sous cette influence que son imagination s'était éveillée.

Il fut bientôt clair pour Joseph qu'aux yeux de la jeune fille, il n'était pas moins qu'un adorateur déguisé, et qu'elle restait persuadée qu'en s'introduisant près d'elle il n'avait agi que d'après un plan bien combiné et avec toute la préméditation possible, c'est-à-dire qu'il n'était pas plus le filleul de M. d'Abron que du Grand Turc, mais qu'il s'était donné cette qualité afin d'abuser de l'innocence du père de Marguerite, en profitant habilement de quelques renseignements qu'il avait pu se procurer. Il n'y avait pas à s'y tromper : les mines et les sourires de la petite personne exprimaient continuellement cette conviction ; et il n'était pas moins visible que la ruse ne lui causait aucune surprise, ni la témérité aucun effroi.

Comme il arrive souvent, du reste, la supposition était plus plausible que la vérité. Joseph ne pouvait pas se le dissimuler, et, en honnête homme, il chercha immédiatement à convaincre la jeune fille de son erreur. Il prit vis-à-vis d'elle une attitude de réserve et même d'indifférence complète, et parut entièrement absorbé, pendant le dîner, par la conversation de M. Lerond. Comme celui-ci lui demandait s'il comptait passer toute la saison à Meudon, il lui répondit qu'il avait, au contraire, l'intention d'en partir très-prochainement.

— La campagne doit cependant vous être plus agréable que Paris pendant l'été? lui dit le garde.

— C'est vrai, répondit Joseph ; mais Meudon est très-peu campagne. Les chemins, pour gagner les bois, sont longs et ennuyeux. J'irai plus loin, dans un vrai village, où, le matin, en me levant, je ne verrai pas, comme à mon cinquième étage, un paysage de cheminées s'étager devant ma fenêtre.

— Il y a des appartements à louer au château de Villebon, dit alors Marguerite. Puisque vous aimez tant les bois, vous seriez là tout au milieu.

— Malheureusement, mademoiselle, répondit Joseph, un appartement, ce n'est pas mon affaire, et un château encore moins.

— Et puis, dit M. Lerond, vous y auriez les exhalaisons de l'étang des Fainéants, qui vous donneraient la fièvre avant huit jours. Si vous teniez à rester encore quelque temps par ici, je vous proposerais plutôt de venir demeurer avec nous. J'ai là une grande chambre avec un bon lit ; elle est à votre disposition. Vous serez en bon air : vous ne verrez que des champs et des arbres ; rien ne vous gênera ; vous n'aurez à vous occuper de rien que de vous promener. Cela vous va-t-il ?

— Cela m'irait très-bien assurément ; mais c'est pour cette raison même que je ne puis accepter l'hospitalité que vous m'offrez si cordialement.

— Comment cela ?

— Oui, sans doute, parce que je me trouverais trop mal ensuite, lorsqu'il me faudrait reprendre

ma vie ordinaire. Je n'en suis pas moins très-
touché et très-reconnaissant de la bonté que vous
me témoignez.

— Vous craignez de nous déranger, peut-être.
Eh bien, monsieur Roland, si ce n'est que cela qui
vous arrête, je vous assure que vous avez tort.

— O mon Dieu, oui, ajouta Marguerite. Nous
avons eu plusieurs fois comme ça des pension-
naires.

— Oui, reprit le père. J'y ai renoncé depuis
deux ans pour une raison qui, soit dit sans vous
offenser (au contraire), ne peut pas vous regarder.

— Je vous remercie, répondit le jeune homme :
sur ce point, du moins, la bonne opinion que vous
avez de moi n'est pas exagérée ; mais, pour d'autres
raisons qui me regardent malheureusement beaucoup, je dois vivre seul, complétement seul.

Ces dernières paroles de Joseph s'adressaient
moins à M. Lerond qu'à Marguerite, sur le visage
de laquelle se peignit une expression de dépit et
de colère. Elle resta pendant une dizaine de minutes sans rien dire, fronçant ses jolis sourcils
bruns et contractant sa petite bouche, tandis que
son regard cherchait dans le vide à droite et à
gauche, comme celui d'un enfant dont la bulle de
savon vient de se briser en l'air. Puis elle secoua
la tête, et, comme si elle eût pris tout à coup son

parti, elle rendit à ses traits leur air d'insoucieuse
mutinerie.

Joseph ne se sentit point blessé dans son amour-
propre par ce brusque succès de ses vertueux
efforts, ainsi qu'il arrive quelquefois en pareil cas
aux hommes les plus austères. Il éprouva une sincère satisfaction d'avoir pu couper court si nettement aux conséquences fortuites de sa fantasque
curiosité.

Marguerite se mit alors à le questionner sur leur
parrain commun. Joseph, naturellement, n'avait
conservé de lui qu'un souvenir fort confus. Autant
qu'il se le rappelait, c'était un homme assez grand
et de bonne mine, d'un caractère gai et causeur.

— Ce qui faisait, ajouta-t-il, un contraste complet avec mon père, qui parle peu et ne rit jamais.

— C'est bien ça, c'est tout à fait ça, dit Marguerite en ricanant légèrement, excepté que
M. d'Abron, mon parrain, à moi, était petit, plus
petit que vous, pâle et maigre, et si triste, que,
lorsqu'il m'embrassait, j'en avais envie de pleurer.

Joseph comprit alors que la jeune fille s'était
crue certaine de l'embarrasser en l'interrogeant
au sujet de M. d'Abron et qu'elle avait voulu se
venger ainsi de son roman interrompu.

— Maintenant, pensait-il, elle suppose que c'est
par hasard que j'ai rencontré juste, et, en y con-
tredisant, elle prétend m'amener à me démasquer.

La combinaison eût été un peu trop forte : aussi Joseph se trompait-il quant à la dernière partie.

— J'avoue, avait-il répondu, que vous m'étonnez beaucoup, mademoiselle. Je ne suis pas accoutumé à de semblables illusions. Comment mes yeux ont-ils pu m'abuser si complétement?

— Ils ne vous ont nullement trompé, monsieur Roland, dit le garde. A l'époque où vous vous rappelez votre parrain, il était bien tel que vous le dépeignez, excepté sous le rapport de la taille : la sienne n'était pas grande, en effet; mais vous étiez vous-même très-petit, et vous avez jugé, comme les enfants, par comparaison. Quand Marguerite a connu M. d'Abron quelques années plus tard, il était devenu fort infirme, ce qui, avec son humeur active, eût déjà suffi pour l'attrister beaucoup; en outre, il avait perdu coup sur coup sa femme et son fils unique, qu'il aimait très-tendrement l'un et l'autre. Voilà comment s'explique le peu de ressemblance qui se trouve entre les deux portraits que vous vous faites de lui, vous et ma fille. Pour ce qui est de la bonté, par exemple, il n'avait jamais changé. S'il n'a pas fait beaucoup de risettes à sa filleule, pendant qu'il vivait, son testament a prouvé, après sa mort, qu'il ne l'en aimait pas moins. Quand Marguerite sera pour se marier, il y aura quelqu'un que ce souvenir-là

n'attristera pas, et qui ne l'en trouvera pas elle-
même plus désagréable.

— Ce qui prouve, dit galamment Joseph, que
l'argent n'enlaidit jamais, pas même les personnes
qu'il serait impossible d'embellir.

Marguerite était trop expérimentée pour savoir
qu'il n'y a pas de plus sûr indice d'indifférence
qu'un compliment rédigé, comme était celui-là,
avec un certain tour enjoué, tout voisin de la plaisanterie. Elle rougit en l'écoutant, et, si elle n'alla
pas jusqu'à sourire, elle parut du moins à moitié
désarmée.

— C'est égal, dit-elle avec un soupir, comme si
elle eût encore parlé de M. d'Abron, mais, à un
autre point de vue, c'est bien extraordinaire qu'en
si peu de temps on puisse changer au point d'avoir
l'air d'une autre personne.

— Malheureusement non, mon enfant, dit
M. Lerond, ce n'est pas extraordinaire. J'ai entendu parler de changements bien autrement ra-
pides encore que celui dont j'ai été témoin chez
ton parrain. Il y a eu des personnes dont les cheveux ont blanchi du jour au lendemain par l'effet
d'une émotion violente. Le chagrin vieillit plus vite
que la maladie ; tant il est vrai que c'est toujours
l'âme, en nous, qui est la plus forte. Notre corps
est pour elle comme un moule qui se pétrit à tous
ses mouvements. Plus elle en fait, plus vite il

s'use. Aussi les travaux de tête sont-ils les plus
fatigants de tous. C'est pour cela que les gens qui
ont l'esprit faible vieillissent en général de bonne
heure, parce que la moindre chose à comprendre
et à combiner est une peine énorme pour leur
pauvre intelligence.

— Ainsi, monsieur Lerond, dit Joseph, vous
pensez que, pour être heureux et se bien porter,
il faut, autant que possible, faire toujours à peu
près la même chose. L'ennui n'est pas trop sain
non plus cependant, et, loin de rajeunir, il ride le
front et fait mal à l'estomac.

— C'est vrai, reprit le garde. Mais croyez-vous
que ce soit le changement continuel qui empêche
de s'ennuyer? Bien au contraire : car, s'il y a des
personnes à qui l'ennui soit inconnu, c'est celles
qui mènent la vie la plus régulière et la plus tranquille.

— Oui, dit Joseph ; mais c'est surtout chez elles
affaire de caractère. On va où l'on peut et non pas
où l'on veut. Encore, si l'on n'avait qu'à lutter
contre le monde, on finirait par trouver son
chemin ; mais, quand nos propres penchants vien-
nent aussi nous en détourner, quel est le guide qui
nous y ramènera?

— Nous l'avons tous en nous-mêmes, ce guide,
monsieur, vous le savez bien.

— Oh ! sans doute ; mais la conscience n'est

pas intéressée dans l'arrangement matériel de
la vie.

— Croyez-vous, monsieur ? Il n'est pas plus
permis, cependant, de se faire du tort à soi-même
que d'en faire aux autres.

— Vous avez raison ; mais, quand les goûts
changent, les facultés se modifient, et l'on se fait
moins de tort, par conséquent, en se prêtant à cette
nouvelle impulsion qu'en s'asservissant à des occupations devenues pénibles et répugnantes.

— Il est possible, après tout, qu'il y ait quelques caractères pour lesquels de tels changements
soient favorables, nécessaires si vous voulez ; mais
j'ai bien peur qu'il n'y ait le plus souvent là dedans
plus que du libertinage.

— Pour moi, dit alors Marguerite en profitant
de la première lacune de la discussion pour ramener l'entretien vers l'idée qui l'occupait, pour moi,
je ne comprends pas qu'on puisse changer ainsi à
tout vent comme une girouette, et que ce qu'on
trouvait charmant le matin, le soir on ne s'en
soucie plus.

— Et vous, mademoiselle, lui dit Joseph, restez-
vous toujours exactement la même ? N'usez-vous
jamais du droit que vous possédez, à beaucoup de
titres, d'avoir des caprices ?

Le visage de Marguerite se couvrit d'une vapeur
rose, et son père se mit à rire.

— C'est que, dit-il à Joseph, qui le regardait, elle a bien aussi ses variations. Aujourd'hui, vous la voyez tout agacée ; hier, elle était gaie comme un pinson, et, avant la fin de la soirée, si je ne me trompe, elle aura repris toute sa bonne humeur. N'ayez pas trop mauvaise opinion d'elle à cause de cela : elle ne change pas non plus sans avoir des raisons.

Deux coquelicots remplacèrent alors les roses qui avaient fleuri sur les joues de la jeune fille, et deux larmes contenues s'étendirent sur ses yeux comme un liquide émail.

— Il ne faut pas rougir ni pleurer de ce que je te dis là, mon enfant, continua le père. Il ne faut pas non plus en vouloir à Charles de n'être pas venu nous voir hier au soir, comme il nous l'avait promis. Il en a été aussi contrarié que toi ; mais, ainsi que je l'avais supposé, il avait reçu un ordre qui lui interdisait de s'absenter. Le service avant tout. Ce soir, il pense être libre. J'ai passé chez lui tantôt. Il doit t'arriver, armé d'un beau bouquet de roses, pour t'apaiser. Ainsi, tu le vois, tu n'as pas besoin de t'inquiéter.

— Mais il me semble, papa, que je ne m'inquiète pas non plus. Monsieur Charles peut venir ou rester chez lui, comme il voudra. Je ne pense pas à lui le moins du monde.

— Allons, tu n'es pas raisonnable. Mais les

jeunes filles sont comme ça : plus on est aimable
et prévenant pour elles, plus elles se montrent
exigeantes. Ce n'est pas assez de faire tout ce qu'on
peut pour leur plaire, il faudrait encore aller contre
l'impossible... Charles, continua M. Lerond en s'a-
dressant à Joseph, est un jeune homme qui est
garde à la porte Royale. Nous sommes un peu
cousins, et du même pays, par conséquent. C'est
un bon sujet, qui a de l'avenir, un très-brave
garçon en outre. Il a beaucoup d'affection pour
Marguerite et pour toute la famille, et ma fille
l'aime bien aussi, quoi qu'elle en dise. Je ne pourrais pas certainement la remettre en meilleures
mains, et alors, si je venais à mourir, je serais
tranquille sur le sort de ma femme.

IV

Le dîner s'était achevé pendant ces entretiens, auxquels madame Lerond n'avait pris part ni par un mot, ni par une simple marque d'intelligence, bien qu'elle s'acquittât assez correctement de ses devoirs de ménagère, et que ses talents culinaires ne fussent pas au-dessous de ce qu'avait avancé son mari.

C'était la femme quasi automatique, telle qu'elle se produit au sein des tribus sauvages, dans cet état de dégradation qu'on a pris si étrangement

pour l'état de nature. Il était bien évident, par
exemple, qu'aucune compression n'était exercée
sur elle pour la maintenir dans ce rôle mécanique.
Son mari et sa fille la laissaient agir entièrement à
sa guise. Ils évitaient même, autant que possible,
de lui adresser la parole, ce qui lui était particulièrement antipathique, ainsi que Joseph avait pu
s'en convaincre tout d'abord. Un seul mot qu'on
lui disait l'inquiétait; une phrase la désolait, une
question l'exaspérait. Le langage des signes, qui
ne l'obligeait à aucun effort d'attention ni de ré-
flexion, convenait beaucoup mieux à son intelligence purement externe. Aussi était-ce celui dont
le garde se servait presque exclusivement pour
communiquer avec elle, et, comme l'indication en
était bornée aux choses d'habitude journalière,
elle la comprenait sans hésiter et s'y conformait
promptement et docilement.

Tandis que M. Lerond poursuivait l'éloge de
son ami Charles, Marguerite, sans se rebiffer
davantage, avait aidé sa mère à débarrasser la table;
puis elle était remontée sous prétexte de coucher
son petit frère.

Jeannette regarda alors son mari, qui haussa la
main et la rapprocha de sa bouche en la retournant,
levant ensuite trois de ses doigts; en conséquence
de quoi, elle lui apporta une bouteille d'eau-de-vie
et trois petits verres.

Cela fait, elle sortit, pour s'occuper de ses vaches probablement.

Le garde alluma sa pipe, et Joseph se mit à faire des cigarettes ; ce qui amena naturellement, entre lui et son hôte, une discussion sur les diverses manières de fumer, chacun d'eux donnant la préférence à celle qu'il avait adoptée.

C'était encore une question de caractère.

— Tout ce que vous voudrez, monsieur Lerond, dit enfin Joseph ; mais ce qu'il y a de certain, c'est qu'on passe de la pipe à la cigarette, et jamais de la cigarette à la pipe.

— Bonsoir, cousin, dit à ce moment une voix jeune et solide qui, d'après le dernier mot prononcé, ne pouvait appartenir qu'au jeune garde de la porte Royale.

Il avait regardé dans la salle, en passant rapidement devant la fenêtre, et il annonçait ainsi sa venue.

— Arrive, arrive, répondit Lerond, et prépare-toi à être querellé comme il faut.

Le cousin Charles était un garçon de vingt-cinq ans, dont la figure et toute la personne respiraient la santé, la bonne humeur et la décision. Tête brune et frisée, nez au vent, regard vif et franc, de belles couleurs, des dents magnifiques, les épaules rustiquement arrondies, la taille robuste et alerte, les jambes arquées : voilà sa portraiture physique et morale à la fois ; car c'était une de ces natures qui n'ont point de dessous et qui se montrent tout entières à première vue, sans détour et sans gêne.

Il entra dans la salle précédé par un volumineux bouquet de roses mousseuses et à cent feuilles, et parut un peu contrarié, mais nullement embarrassé, en trouvant un étranger avec son parent.

— Ah! vraiment, dit-il, querellé! Et par qui? et pourquoi?

— Par qui? répondit M. Lerond. Ce n'est pas par moi, ni par ma femme non plus, bien sûr. Pourquoi? Pour rien; ce qui est bien plus grave que s'il y avait une raison.

— En ce cas, puisque l'ennemi est absent, car je ne suppose pas que ce soit monsieur qui m'en veuille...

— Non, assurément, répondit Joseph.

— Je profiterai du répit pour me donner un peu de force.

Et, après avoir salué ses interlocuteurs, il lampa un verre d'eau-de-vie que lui avait versé le garde. à cheval.

— A la bonne heure, se dit Joseph, voilà un garçon qui doit mener rondement l'amour et ne pas s'alarmer outre mesure des mines et des humeurs de mademoiselle Marguerite. Je suis curieux de voir la figure qu'elle lui fera, ainsi qu'à son bouquet; mais il ne me paraît pas homme à s'en démonter, et, pour réussir près d'une coquette, l'assurance vaut peut-être mieux que la finesse.

A l'étonnement de Joseph, l'accueil fut tout des plus gracieux. Marguerite ne témoigna ni humeur ni ressentiment. Elle descendit d'elle-même au bout de quelques minutes, et ce fut avec une cordialité parfaite et un sourire sans mélange qu'elle répondit au salut du jeune garde et qu'elle accepta l'hommage de son bouquet.

— Ah bien! ma cousine, lui dit-il, maintenant me voilà joliment attrapé, allez!

— Comment cela? fit la jeune fille.

— Mais oui; mon cousin m'avait dit que vous étiez fâchée contre moi; et puis, pas du tout, je vous trouve, au contraire, douce comme un agneau.

— Et cela vous fait de la peine que mon père se soit ainsi trompé, mon cousin?

— Dame! vous savez, ma cousine; après s'être un peu querellés, on se réconcilie, et, moi, je regrette la réconciliation. Ensuite, j'avais préparé dans ma tête toutes sortes de raisons et d'excuses, et voilà que j'en suis pour mes frais à présent.

— Vous mettrez ça de côté, mon cousin, pour vous en servir à la première occasion. Je tâcherai de ne pas trop vous la faire attendre.

Pendant ce dialogue, Joseph éprouvait une assez vive mortification, non pas précisément du succès du joyeux Charles, mais de ce qu'il avait lui-même si mal apprécié les sentiments de la jeune fille. C'était comme observateur surtout qu'il se sentait humilié.

En outre, il se trouvait fort ridicule d'avoir ainsi pris la mouche, et, exagérant la réserve de son biblique homonyme, de s'être cru gratuitement dans la nécessité de s'enfuir, afin de ne pas troubler la tranquillité d'une enfant aussi éloignée que possible de songer à se faire aimer de lui. Il la voyait maintenant si sereine, si franchement satisfaite, qu'il lui était impossible, en effet, de supposer qu'elle eût seulement pour but de stimuler sa jalousie, en se montrant si affable pour un autre adorateur. Il ne lui restait donc que deux explications à se donner de l'attitude qu'elle avait prise précédemment vis-à-vis de lui, l'une et l'autre médiocrement flatteuse pour l'amour-propre de Joseph Roland : ou bien Marguerite, avec cette supériorité que la plus simple fille d'Ève possède toujours, en pareil cas, sur le plus malicieux des fils d'Adam, n'avait voulu que se divertir à ses dépens, en lui donnant à croire qu'elle se fût éprise ainsi de lui à première vue; ou bien c'était seulement au pensionnaire qu'elle avait jeté l'amorce de ses gracieuses insinuations.

— En vérité, se disait le jeune homme, je commence à croire que je n'entends absolument rien aux femmes. Est-ce infirmité de ma part? ou bien suis-je, à cet égard, dans le cas de tous les hommes? Il a pu être, en effet, dans les vues du Créateur que nos compagnes restassent toujours pour nous à l'état d'énigmes et qu'on les connût aussi bien que possible, lorsqu'on a compris qu'elles sont incompréhensibles. Ce qu'il y a de certain, c'est que voilà une petite ingénue réduite à ses inspirations natives, dont les combinaisons sont pour moi lettres closes, ni plus ni moins que l'ont été celles d'une coquette émérite comme madame P... Et ici, pourtant, je n'ai pas la vue troublée par la passion, ainsi que je l'avais vis-à-vis d'Henriette.

Ce qui parut non moins étrange à Joseph que l'aisance et la gaieté de la fillette, ce fut de voir la figure du jeune garde perdre son expression de joyeuse franchise et s'assombrir graduellement, tandis que M. Lerond recommençait, à son intention, l'histoire des rapports qu'il s'était découverts avec M. Roland, détails contre l'authenticité desquels Marguerite ne témoigna aucune envie de s'inscrire de nouveau.

Quant à Charles, ce qu'il y avait de bizarre dans cette rencontre ne parut nullement l'émerveiller et ne lui arracha aucune exclamation. Il regardait alternativement sa cousine et le jeune étranger d'un air pensif et inquiet; ce qu'il continua de faire quand le récit fut terminé.

— Eh bien, lui dit M. Lerond, n'est-ce pas que c'est singulier ?

— Très-singulier.

— Et qu'il y a dans la vie des hasards qu'on croirait arrangés tout exprès ?

— Oui, c'est vrai, on le croirait.

— Voilà M. Roland qui a l'idée d'entrer chez un garde prendre une tasse de lait, ce qui ne lui est peut-être pas arrivé bien souvent...

— Deux ou trois fois dans ma vie, dit Joseph.

— Et il se trouve que justement ce garde a été le protégé de son parrain, et que ce garde a une fille dont ce parrain a été aussi le parrain. En outre, j'aurais pu être absent, et alors les circonstances qui nous rapprochent nous seraient restées inconnues ; mais pas du tout : il a fallu que je rentrasse juste comme il était là, et encore que la conversation s'arrangeât de manière que nous vinssions à parler de M. d'Abron. Ce n'est pas le tout, pour se rencontrer, que de suivre deux chemins qui se coupent, il faut encore arriver ensemble au point d'intersection. Quant à moi, monsieur Roland, je me figure que ce ne doit pas être pour rien qu'on est ainsi ramené l'un vers l'autre. Qui sait ? vous êtes peut-être destiné à me rendre quelque grand service, à me sauver la vie, à moi ou à ma fille.

— Je puis vous assurer, répondit Joseph, que je serais heureux que l'occasion se présentât pour moi de vous prouver toute l'estime et tout l'intérêt que vous m'inspirez, vous et votre famille.

— Vous pouvez le faire dès à présent.

— Et comment?

— En venant nous voir souvent.

— Le plus souvent qu'il me sera possible, vous pouvez y compter : ce sera pour moi un grand plaisir.

Charles avait écouté ce dialogue et entendu l'invitation à laquelle il aboutissait avec un air de morne mécontentement qui n'était pas difficile à interpréter pour Joseph.

J'ai dû faire plus d'une fois cette figure-là près d'Henriette, se dit-il, quand elle me parlait de quelqu'un des hommes de sa connaissance. Ce garçon est jaloux de moi évidemment, ou, pour mieux dire, il est jaloux de sa maîtresse à propos de moi. Il sent probablement que le danger est surtout en elle, et il s'alarme avec raison de la plus légère éventualité, comme je m'alarmais moi-même pour madame P... Quoi qu'il en soit, je ne veux pas prolonger ses angoisses et je ne les renouvellerai certainement pas.

En conséquence de cette louable résolution, il cessa même d'examiner le jeune couple du coin de l'œil; mais sa réserve fut infructueuse: sa présence seule suffisait pour empêcher Charles de reprendre son joyeux babil. M. Lerond, malgré l'attention profonde avec laquelle Joseph paraissait écouter ses récits et ses dissertations, s'aperçut lui-même de la taciturnité de son cousin.

— Est-ce que tu es malade? lui demanda-t-il. Tu restes là sans dire mot, avec un air tout absorbé, comme si tu avais l'esprit à cent lieues d'ici. Qu'as-tu donc?

— Rien, répondit Charles; mais je pense qu'il faut que je retourne à mon poste, et je vais vous souhaiter le bonsoir.

— Ah çà, c'est une plaisanterie. Est-ce qu'il n'y a pas quelqu'un qui te remplace?

— Si; mais peut-être bien cependant qu'il vaut mieux que je m'en retourne. On ne sait pas ce qui peut arriver.

— Il ne peut rien arriver, et, d'ailleurs cela, ne te regarderait pas, puisque tu as obtenu la permission de t'absenter. Tu es en règle avec tes chefs; mais, si tu t'en allais comme ça, tu ne serais pas en règle avec tes parents. Voyons, tu ne veux pas nous faire de la peine?

— Non, certainement, et puisque vous voulez que je reste...

— Certainement, je le veux! et je veux que tu causes, que tu ries et que tu fasses rire ta cousine comme à ton ordinaire.

— Je tâcherai, répondit le jeune homme d'un air lugubre, dont le contraste avec ses paroles provoqua un vif éclat de gaieté chez Marguerite ; mais ça ne dépend pas de moi seul.

— Tu vois pourtant que tu y réussis déjà pas mal. Allons, sois gentil, comme on l'est pour toi.

— C'est moi, mon cher hôte, dit alors Joseph, qui vais prendre congé de vous. Je suis un peu fatigué et j'éprouve le besoin, sinon l'envie, de regagner mon gîte.

— Eh bien, nous allons vous accompagner, comme c'est convenu. Le chemin vous paraîtra moins long. Va avertir ta mère, Marguerite, et puis tu mettras ton chapeau.

— Non, je vous en prie, reprit Joseph, ne vous dérangez pas.

— Cela me fera le plus grand plaisir, au contraire, et à moins qu'il n'y ait de l'indiscrétion...

— Nullement ; mais...

—Ah ! si ce n'est que par cérémonie que vous refusez, je ne trouve pas cela bien de votre part.

Joseph vit qu'il fallait céder, sous peine de blesser l'excellent homme, dans les idées duquel un *bout de conduite* était une annexe obligée de l'hospitalité.

Marguerite reparut bientôt, ayant fait à sa toilette les additions nécessaires. Elle avait des gants de fil d'Écosse, des brodequins en coutil, et sur la tête un chapeau rond en grosse paille d'Italie, tout

frais et garni de grands rubans roses qui pendaient
par devant sans être attachés.

M. Lerond prit sa canne et sa casquette, et on
se mit en route à travers le taillis pour gagner le
chemin de la mare de Trivaux, qui conduit au pavé
de Meudon.

La jeune fille donnait le bras à son père, de
l'autre côté duquel marchait Joseph Roland, tandis
que Charles s'en allait seul en avant, hâtant le pas
comme pour entraîner ceux qui le suivaient; mais,
chaque fois qu'il se retournait pour juger du succès
de la manœuvre, il pouvait voir qu'il avait seulement
augmenté la distance qui le séparait du groupe. Il
se trouvait donc obligé de s'arrêter quelques instants, pour ne pas s'en éloigner tout à fait; puis
il recommençait son effort infructueux, sinon avec
patience, du moins sans se lasser. Soit involontairement, soit de dessein prémédité, Marguerite, inclinée sur le bras de son père et marchant presque
de trois quarts, empêchait que ses compagnons
ne pussent accélérer leur marche et l'aurait même
plutôt ralentie.

La soirée était délicieuse.

La lune, presque dans son plein, mêlait ses blanches clartés aux rougeurs du crépuscule, qui s'ef-
façait ainsi sans s'obscurcir. Les étoiles, apparaissant
lentement dans l'azur nuancé, comme des yeux dont
les paupières se soulèvent à demi, n'envoyaient à

travers l'atmosphère que des rayons déviés et in-
terrompus, des regards papillotants, si l'on veut
bien me permettre cette expression non moins
pittoresque que vulgaire. La nappe de l'étang,
boursouflée d'une couche de vapeur fumante, était
coupée en deux par la ligne de l'ombre, qui bigar-
rait d'arabesques confuses les bords de la partie
éclairée, ainsi que les dessous des ombrages envi-
ronnants. Les oiseaux arrêtés parmi les branches
faisaient entendre ces derniers fredons qui sont
comme leur prière du soir, tandis que dans l'air
s'éveillaient ces coassements légers, d'un timbre
argentin si doux, que j'attribue (sans garantie, car
on ne les entend jamais que de loin) aux rainettes,
ces jolies petites grenouilles vertes qui, à l'aide de
leurs pattes pneumatiques, se promènent sur les
arbres et les buissons, prenant pour lit de repos
une feuille de bardane ou de ronce. On m'a pourtant affirmé que cet harmonica naturel des beaux
soirs d'été résidait au gosier d'un obscur et ter-
restre crapaud, qui serait alors le rossignol des
reptiles, tant sous le rapport du costume que sous
celui du ramage. De plus savants décideront la
question, sur laquelle M. Lerond, quoique bien
placé pour la résoudre, ne put fournir aucune
lumière à Joseph.

— Pourquoi, demanda Marguerite à celui-ci,
voudriez-vous savoir cela?

—Par curiosité, mademoiselle, répondit-il. C'est mon métier d'être curieux, principalement des choses qui ne servent à rien.

— Ce qui signifie, dit M. Lerond, que votre métier consiste surtout à vous amuser.

— Pourquoi, reprit alors la jeune fille passant, comme les enfants, d'une question à une autre, n'y a-t-il pas de la lune toutes les nuits? Ce serait bien plus gentil et bien plus commode.

— Mademoiselle, répondit Joseph, je pourrais vous dire comment cela se fait; mais, quant au pourquoi, je ne saurais rien vous répondre, sinon que Dieu l'a voulu ainsi. Le contraire serait certainement plus commode : on n'aurait plus alors besoin de réverbères dans les villes, ni de lanternes pour circuler la nuit sur les routes et dans la campagne. Mais serait-ce, en effet, plus gentil? Pas à mon gré. Toutes les nuits se ressembleraient exactement; car vous voudriez sans doute aussi qu'il n'y eût jamais de nuages?

— Oh, si! quelques petits nuages ne feraient pas mal.

— Et de quelle couleur faudrait-il qu'ils fussent?

Marguerite se mit à rire.

A ce moment, Joseph se prit le pied dans une racine d'arbre en anneau qui sortait de terre au bord du chemin, et il fut jeté violemment sur le sol pierreux et en pente, où il demeura étendu sans bouger.

La jeune fille jeta les hauts cris, tandis que son père se hâtait de relever le pauvre garçon et de l'asseoir contre un talus; après quoi, il se mit à lui frotter la tête, comme on fait d'habitude aux personnes étourdies par une chute.

— Vous vous êtes fait bien mal? dit-il, quand Joseph eut repris ses sens.

— Oui, assez. Je crois que j'ai le bras gauche cassé, et qu'en outre, je me suis démis ou foulé le pied droit.

— J'espère que ce n'est pas tout à fait si grave; mais il ne faut pas toujours que vous essayiez de marcher.

— Il faudra donc alors que vous soyez assez bon pour aller me chercher votre carriole et me reconduire jusque chez moi.

— Chez vous, non pas; c'est chez moi que nous allons vous porter. Allons, toi! dit-il à Charles, qui revenait lentement sur ses pas, arrive donc! Je ne sais pas ce que tu as ce soir : tu allais comme la poste tout à l'heure, et maintenant que l'on a besoin de toi, te voilà changé en tortue.

— Mais, disait Joseph, je préférerais retourner chez moi. Ce sera déjà bien assez d'embarras pour vous de m'y reconduire.

— Pourquoi ne me dites-vous plutôt de vous

laisser tout simplement là, sur le chemin ? A
Meudon, je pourrais à peine vous voir un instant
ou deux dans la journée, et vous n'auriez personne pour vous soigner tandis qu'à la maison je
vous verrai chaque fois que je rentrerai, et Marguerite pourra rester auprès de vous presque tout
le temps. C'est moi, en quelque sorte, qui suis la
première cause de ce malheureux accident; vous
ne voudriez pas m'empêcher de le réparer du
mieux possible.

Force fut donc à Joseph de céder et de se laisser rapporter à la garderie de Villebon par M. Lerond et par Charles, qui, du reste, se prêta à la
circonstance avec la plus honorable résignation,
malgré la perspective qu'il avait de voir sa fiancée
installée au chevet du malencontreux étranger,
son rival présumé. Il s'acquitta avec un empressement non moins irréprochable de la mission qui
lui fut donnée ensuite d'aller à Meudon chercher
le médecin.

V

Joseph ne s'était pas fait d'illusion. Vérification faite, il se trouva tout aussi mal accommodé qu'il l'avait pensé d'abord. La fracture du bras était bien réelle, et, ce qui devait le contrarier encore davantage, la foulure du pied était complète. Le docteur, après avoir opéré la double réduction, crut en outre devoir le saigner, pour prévenir les effets de la commotion.

Charles était resté pour remplir l'office d'aidechirurgien. Il y avait fait de son mieux; mais, sitôt que son assistance n'avait plus été nécessaire, il avait disparu sans prendre congé de personne; ce que le blessé avait peut-être été le seul à remarquer.

Joseph ne pouvait rien en ce moment pour rassurer le jeune homme. Il sentait déjà dans son cerveau cet embrouillement qui est l'avant-coureur de la fièvre, et, par une prévision naturelle, au cas où le délire le prendrait, il fit promettre à M. Lerond de ne pas écrire à son père, qu'il ne voulait pas alarmer ni déranger, à moins, bien entendu, d'une absolue nécessité.

Le garde lui demanda s'il n'y avait pas quelque autre personne qu'il désirât voir.

Joseph répondit négativement. Il ne manquait pas cependant d'amis qui fussent venus le visiter et même le soigner avec empressement; mais il n'était pas assez sûr de leur discrétion pour se soucier de révéler à leurs regards le joli trésor abrité dans la maison de son hôte, dont il eût risqué ainsi de reconnaître plus que médiocrement les témoignages d'affection; et il ne voulait être ingrat ni de son propre fait, ni par ricochet.

Sa première précaution n'était pas superflue : pendant six jours, il divagua presque sans interruption, faisant à madame P... une cour rétrospective et gémissante, mélange d'adorations et de reproches, de prose entrecoupée et de lambeaux de vers.

Marguerite, assidue près du malade, écoutait avec une morne avidité ce langage étrange, dont les expressions eussent été pour elle intraduisibles, mais dont le sens lui était parfaitement lucide et qui agissait comme une musique sur son organisation. Il y avait là pour elle, par suite du sentiment d'envie inhérent à la nature humaine, une séduction plus irrésistible que si les paroles qu'elle entendait lui eussent été adressées à elle-même. Et puis, dans ces phrases désordonnées, c'était la passion pure qui respirait aux lèvres ardentes de Joseph, la passion dégagée de toutes les restrictions qui lui sont imposées dans un milieu réel. L'accent surnaturel que la fièvre donne à la voix, le mystère du nom invoqué, l'imprévu de la situation et ce qu'elle avait de touchant, tout contribuait à rendre la plainte du jeune homme plus émouvante et plus contagieuse pour celle qui s'en trouvait la confidente à son insu. Malgré lui et comme fatalement, il lui faisait ainsi courir un danger bien autrement grave que tous ceux dont, par un rare scrupule, il avait songé à écarter d'elle l'éventualité.

Elle ne tarda pas, en effet, à s'abandonner sans réserve à l'entraînement et à s'absorber tout entière dans la pensée de Joseph.

Il est presque inutile de dire que celui-ci fut
d'ailleurs entouré de tous les soins matériels que
réclamait son état. M. Lerond le veilla pendant
cinq nuits, passant en outre près de lui tous les
moments de la journée où son service le laissait
libre. Il voulait que les ordonnances du docteur
fussent rigoureusement observées. Lorsqu'il s'ab-
sentait, il donnait à sa fille et à sa femme, chacune
pour ce qui était de son ressort, leurs instructions
sous forme de consigne, et à son retour il se faisait
rendre compte de leur exécution. Il n'y avait pas de
risque avec lui que l'on ne mourût pas dans les
règles. Il croyait aux médecins, par la raison peut-
être qu'il n'en avait jamais eu besoin pour lui-
même.

Du reste, le malade ne s'opposait à rien de ce
qu'on exigeait de lui, son délire n'affectant pour
ainsi dire que ses idées.

Dès le lendemain de l'accident, le garde était allé
à Meudon réclamer les effets de son hôte, que l'on
n'avait fait aucune difficulté de lui remettre, connu
comme il l'était. Le bagage de Joseph, comprenant,
outre le linge et les vêtements indispensables, des
livres, des papiers et un certain nombre d'objets
hétéroclites comme en possèdent d'ordinaire les
sujets de la reine Fantaisie, tenait tout entier dans
une malle de moyenne grandeur et n'était pas fait
pour donner à M. Lerond une haute idée de la

position financière du jeune homme; non plus que
la façon dont tout cela se trouvait éparpillé n'était
propre à le lui recommander sous le rapport de
l'ordre et de la régularité. L'inventaire qu'il fut
obligé de faire offrait d'ailleurs tant de disparates à
ses yeux, qu'il n'aurait pu en tirer d'autres induc-
tions touchant le caractère du possesseur; mais il
n'en avait pas besoin : à cet égard, son opinion était
fixée.

— Brave garçon, se disait-il, un cœur d'or;
mais une pauvre tête! de l'esprit, mais pas de
tenue; en somme, un véritable enfant, très-aimable, mais qui ne sera jamais bon à rien dans le
monde. Après tout, ce n'est pas sa faute.

On peut s'étonner que le garde, avec son intelligence remarquable, nette et droite comme un
instinct, annihilât ainsi sans appel le pauvre
Joseph; mais le jugement qu'il en portait, lui,
homme illettré, complétement ignorant du luxe
intellectuel, n'était pas plus défavorable que celui
dont les natures artistes sont frappées par la plupart des hommes et des femmes qui ont reçu une
éducation libérale et qui bénéficient directement du
labeur de ces êtres inutiles. Il y avait toutefois
cette différence que, dans la bouche des gens du
monde actuel, cette sentence est toujours empreinte d'un sentiment de malveillance qui peut
aller jusqu'à la haine, et qui ressemble parfois à

l'envie, tandis que, chez M. Lerond, elle n'était accompagnée que de la plus sincère compassion.

Celui-ci commençait à s'inquiéter sérieusement de la situation de Joseph et à se demander s'il ne devait pas prendre enfin sur lui d'avertir M. Roland, quand, le matin du septième jour, un mieux sensible se déclara dans l'état du malade. Le délire disparut; la fièvre s'effaça graduellement; Joseph put prendre un peu de nourriture, et au bout de quelques jours il se trouva aussi bien qu'il était possible, après la secousse qu'il avait subie.

En s'éveillant de son double sommeil, il avait aperçu devant lui la figure de Marguerite, qui lui était apparue comme dans un rêve encore, à travers les brumes dont son cerveau et ses yeux restaient encombrés, et au milieu de cette chambre inconnue, obscurément éclairée par les rayons qui se faufilaient aux interstices des volets. Avec une nonchalante curiosité et cet effort interne auquel l'obligeait son état d'épuisement, il tâcha de se reconnaître au dehors et au dedans, promenant ses yeux sur les objets qui l'entouraient et les fermant par intervalles. Cet examen achevé, son regard revint s'arrêter sur le regard de Marguerite.

Assise contre la fenêtre, dans un filet de jour qui tombait sur ses mains en effleurant son front, la jeune fille s'était interrompue de l'ouvrage de couture qui lui servait de contenance plutôt que

d'occupation, et, ainsi qu'elle le faisait à chaque
instant, elle avait tourné la tête vers le malade.
Celui-ci la salua d'un signe de tête presque imper-
ceptible. Marguerite bondit immédiatement jusqu'auprès de lui avec la silencieuse vélocité d'un
oiseau, et se mit à le considérer d'un air d'anxiété
mêlé d'étonnement et d'un vague espoir.

Le cœur gonflé d'émotion, les yeux agrandis et
les lèvres entr'ouvertes, elle restait là dans le
doute et comme suspendue, n'osant encore articuler une interrogation.

— Je vais mieux, lui dit Joseph.

— Vraiment! vous me reconnaissez?

— Parfaitement. J'ai bien toutes mes idées à
présent.

— Oh! quel bonheur! Comme mon père va être
content! Mais il ne faut pas parler ni vous fatiguer.
Toutes vos affaires sont ici; ainsi, vous n'avez pas
à vous tourmenter. Buvez et tenez-vous bien tranquille : c'est le médecin qui l'a dit.

Tandis qu'elle parlait ainsi d'une voix agitée,
son visage, dont le jeune homme avait pu remarquer l'altération, s'était illuminé de bonheur. Elle
ne pouvait plus tenir en place : elle allait, s'agitant
légèrement à travers la chambre, puis revenant
près de Joseph, comme pour s'assurer que le changement était bien réel, et, lorsqu'elle entendit rentrer son père, elle descendit précipitamment, afin

de lui annoncer l'heureuse nouvelle et de satisfaire enfin le besoin qu'elle éprouvait de répandre sa joie au dehors.

Une des premières pensées de Joseph, en commençant à revivre, fut pour s'informer du jeune garde dont il se trouvait aussi l'obligé; mais M. Lerond lui répondit que, depuis la soirée de l'événement, on l'avait à peine revu; qu'il était venu seulement trois ou quatre fois pour demander des nouvelles du malade, mais qu'il ne s'était pas arrêté; ce qui, du reste, n'avait rien d'étonnant, vu qu'il se trouvait fort occupé en ce moment par des coupes de bois qui se faisaient dans son district.

— Mais, dit Joseph, est-ce qu'il ne vous a pas semblé qu'il avait quelque chose, ce même soir où nous avons fait si tristement connaissance?

— Ah! vous vous êtes aperçu de cela; oui, c'est vrai; mais voilà, il était un peu jaloux.

— Comment? dit Joseph assez étonné du mot.

— Mon Dieu, oui, jaloux de l'accueil que je vous faisais; comme si vous étiez un étranger pour moi! mais je lui laverai la tête à ce sujet.

— N'en faites rien, je vous en prie; vous le comprenez, après les bons offices que j'ai reçus de lui, je serais désespéré de lui occasionner aucun désagrément. Quand je serai en état de marcher, j'irai chez lui pour le remercier, et j'espère que ma visite dissipera tout l'ombrage que ma présence ici aura pu lui causer.

Ces derniers mots de Joseph étaient surtout à l'adresse de Marguerite, qui assistait aussi à l'entretien.

— Vous êtes mille fois trop bon, dit M. Lerond ; Charles n'a fait pour vous que ce qu'il eût été tenu de faire pour le premier venu, et il n'y a pas mis l'effusion, l'élan du cœur qui auraient été naturels en cette occasion ; je ne vous contrarie pas, cependant, quoique certainement il mériterait bien d'être morigéné.

Ainsi qu'on le voit, Joseph n'avait pas abjuré ses austères et loyales dispositions. Marguerite, toutefois, ne parut pas très-offensée, ni très-alarmée de l'avertissement qui lui était donné. Le jeune homme n'était pas encore sur pied, et, avec le temps qui lui restait devant elle, elle ne devait pas désespérer de faire fléchir sa rigueur. Elle se trouvait d'ailleurs à cette période de l'amour qui en est comme la floraison, comme le printemps intact et parfumé, où l'on n'a pour l'objet aimé dans le cœur et dans les yeux que tendresse et soumission, sur les lèvres que sourire.

On sera peut-être quelque peu choqué du rôle attribué ici à cette gracieuse enfant ; mais ses provocations, hâtons-nous de le dire, tendaient à un but des plus licites et qu'elle n'avait aucun motif

de trouver trop ambitieux. L'inégalité qui existait
entre elle et Joseph échappait à son appréciation,
et mademoiselle Lerond, fille d'un garde à cheval
et possédant une vingtaine de mille francs de dot,
devait lui paraître un parti des plus convenables
pour le fils d'un marchand de papiers peints, à peu
près sans profession et vraisemblablement sans
fortune. Son miroir, en lui certifiant que sa figure
ne pouvait faire honte à personne, ne lui parlait
pas de son ignorance, dont jamais rien, dans l'iso-
lement où elle vivait, ne lui avait fait d'ailleurs
sentir l'inconvénient. Ses artifices et sa coquetterie
étaient donc aussi peu répréhensibles que possible.
Ce jeu-là, il est vrai, aurait pu la mener loin, et il
n'eût pas été difficile sans doute de l'égarer par
des sophismes ; mais par bonheur elle était bien
tombée, et l'ange gardien de son innocence n'avait
pas à tirer l'épée pour la défendre du péril.

Les visées de la jeune fille n'avaient pu rester
un mystère pour celui qui en était l'objet. Quoiqu'il ne lui convînt pas plus de s'y prêter que d'en
abuser, il n'en avait ressenti aucun étonnement, je
veux dire qu'il n'y trouvait rien d'exagéré, à en
juger au point de vue de Marguerite. Malgré la
fatuité inhérente à son sexe et à son âge, il se
serait même plutôt étonné d'avoir pu captiver ainsi
cette jolie et primitive créature, et effacer si rapidement à ses yeux les agréments rustiques et la

virile fraîcheur du cousin Charles. Il était difficile
pourtant qu'il ne fût pas un peu touché de cette
affection spontanée et des soins, des attentions
naïvement multipliées où elle se révélait. C'eût été
trop demander que de vouloir qu'il n'y répondît
qu'en rabrouant imperturbablement sa gentille
garde-malade. Pour pratiquer jusqu'au bout un
pareil héroïsme, il faut une dose de brutalité que
Joseph ne possédait pas. Risquer de faire pleurer
de si jolis yeux, d'arracher des plaintes à une si
charmante bouche, ce n'eût pas été fort prudent.

Au lieu de rompre ainsi la glace, pour avoir à
lutter ensuite contre tous les courants perfides de
la sensibilité, sur l'esquif incertain de la consolation, il valait beaucoup mieux rester à l'ancre et
temporiser. Ce fut le parti que prit le jeune homme.
Il n'adressa plus à sa petite hôtesse d'insinuations
morales ni d'allusions relatives à son cousin; il fut
avec elle simple, calme et fraternel. Bientôt, en
voyant refleurir l'embonpoint rosé de ses joues et
se dessiller ses yeux limpides, il put croire que
tout allait pour le mieux.

Peut-être y avait-il au fond de cette mansuétude
et de cette tranquillité une légère capitulation de
conscience; mais du moins n'était-elle que transi-
toire et motivée uniquement par la faiblesse physique et la situation exceptionnelle de Joseph. Comme
il lui était interdit de travailler et même de lire

assidûment, il se serait trouvé fort esseulé, fort
dépourvu, s'il eût exilé loin de lui la gaieté et le
confiant babil de Marguerite, lequel était parfois
assez curieux dans la rusée inhabileté de ses cir-
conlocutions.

— Est-ce que j'ai parlé pendant ma fièvre? lui
demanda un jour Joseph.

— Si vous avez parlé? Oh! oui, par exemple.

— Beaucoup?

— Oh! beaucoup!

— Qu'est-ce que je disais donc?

— Dame! toutes sortes de choses. Vous parliez
à une belle dame qui vous faisait du chagrin, parce
que vous l'aimiez et qu'elle ne vous aimait pas. Vous
lui disiez comme ça que ce n'était pas bien de sa
part d'être si dure et si méchante pour quelqu'un
qui l'aimait tant, qui ne pensait qu'à elle, et qui
voudrait donner tout son sang pour elle; qu'elle
s'était moquée de vous en vous faisant croire aussi
qu'elle vous aimait, pour vous abandonner ensuite;
que vous étiez bien malheureux, que vous en mour-
riez peut-être, mais qu'elle se repentirait un
jour de sa perfidie, quand il ne serait plus temps.
Et puis vous pleuriez, vous la priiez, comme si vous
vous étiez mis à genoux devant elle, et ensuite vous
vous fâchiez et vous lui disiez que vous ne la re-
verriez jamais. C'était bien triste, mais c'était bien
joli aussi; ça me faisait du mal à entendre, et pour-

tant ça ne m'ennuyait pas. Il y avait des fois où ce
que vous disiez ressemblait à des chansons. Ça allait et ça venait comme en mesure. J'ai essayé d'en
retenir des parties, mais je n'ai pas pu, parce que
je ne comprenais pas bien, quoique souvent vous
répétiez la même chose à plusieurs reprises. J'étais
fâchée de ne pas savoir écrire, mais ce n'aurait pas
été bien peut-être de m'emparer ainsi de vos se-
crets. Entre autres choses, je me rappelle que vous
parliez de perle et de trésor qui se changeaient en
sable et en cailloux. Ce n'était pas tout à fait cela.

— Ah! ah! dit Joseph en souriant, c'était peut-
être ceci...

Et il lui récita quelques-uns de ses vers où se
trouvaient les mots en question. Il avait, comme
on peut le penser, le choix entre plusieurs morceaux.

— Oui, oui, dit Marguerite, qui avait écouté
cette mélopée avec ravissement, c'était bien cela.
Mais comment, vous saviez donc ce que vous disiez?

— Non; mais je disais des choses que je sais.
C'étaient des histoires que je me racontais.

— Des histoires? Il n'y avait l'air d'en avoir
qu'une seule, et on aurait bien dit que c'était à
vous-même qu'elle était arrivée.

— Vraiment? Mais c'est que, voyez-vous, dans
la fièvre, on a, comme en rêve, de singulières ima-
ginations; on se figure qu'on est soi-même tel ou

tel individu que l'on connaît par ouï-dire ou autrement, et l'on s'attribue des sentiments ou des actions auxquelles on est personnellement fort étranger. On répète comme de soi ce qu'on a entendu dire, mêlant le vrai et le faux, le souvenir et l'invention ; et, ce qu'il y a d'étrange, c'est que tout s'arrange parfois avec une certaine suite. Voilà ce qui m'est arrivé probablement, et, si cela vous semble étonnant, c'est que sans doute vous n'avez jamais beaucoup rêvé.

— Je ne rêvais pas autrefois ; mais, depuis quelque temps, cela m'arrive toutes les nuits, et, comme vous le dites, on a de singulières idées.

— Et qui ne sont pas toujours amusantes, n'est-ce pas ?

— Oh ! non : ainsi, moi, figurez-vous, je m'imagine quelquefois que je m'appelle aussi Henriette...

— Henriette ! Vous auriez tort ; votre nom est bien plus joli. Cependant le malheur n'est pas épouvantable.

— Non ; mais c'est que je me figure aussi que je suis cette dame à qui vous parliez, et alors ça me tourmente, parce que je ne voudrais pas être si méchante qu'elle. Et puis il me passe encore toutes sortes d'autres choses par la tête.

— Ce sont mes divagations qui vous retentissent ainsi dans l'esprit. Mais c'est fini, ma petite sœur, il ne faut plus penser à ces folies.

— Que voulez-vous? on n'est pas maître de ses pensées, et encore bien moins de ses rêves.

— On peut cependant arriver peu à peu à se débarrasser des uns et des autres, en ne s'en occupant pas, en ne leur répondant pas quand ils vous importunent.

— Je ne sais pas; mais c'est égal, ce n'est pas beau, n'est-ce pas? de tromper les gens et de faire de la peine exprès à ceux qui sont bons et aimables pour nous.

— Cela dépend un peu des circonstances. Quelquefois ce sont les gens eux-mêmes qui se trompent, et l'on n'est pas toujours libre de faire ce qu'il faudrait pour les contenter; mais on est tenu, du moins, de ne pas les rudoyer et de mettre des formes dans son refus.

— Et vous croyez que cela les console?

— Du moins on n'augmente pas leurs souffrances à plaisir, et on ne les pousse pas ainsi, par l'exemple et par le ressentiment, à devenir eux-mêmes méchants.

— C'est pourtant vrai, dit la jeune fille comme faisant un retour sur elle-même, c'est très-vraie, que, quand quelqu'un vous fait du mal, si on ne peut pas s'en *revenger* sur lui, on est bien aise de le rendre à d'autres.

— Et, dit Joseph, vous ne trouvez pas sans doute qu'on ait raison?

— Oh! non, certainement; mais c'est la faute de celui qui a eu tort le premier.

C'était toujours de cette façon que se terminaient les conversations analogues entre Marguerite et Joseph. Du reste, dans toutes les discussions, la plupart des femmes (et, sur ce point, beaucoup d'hommes sont femmes) ne se comportent pas autrement que ne faisait la jeune fille : à bout d'arguments, elles en reviennent bravement à leur point de départ, montrant que leur passion est leur unique raison, qu'elles croient parce qu'elles croient et veulent parce qu'elles veulent. Aussi, est-ce une véritable puérilité que d'employer le raisonnement vis-à-vis d'elles. Au lieu de chercher à les convaincre, il faut tâcher de les émouvoir et s'adresser non à leur jugement, mais à leur sensibilité, lorsque la chose n'est pas moralement impossible.

Depuis que Joseph avait cessé d'être en quelque danger, Charles avait complètement interrompu ses visites à Villebon. Deux ou trois fois M. Lerond était allé le relancer : le jeune garde s'était excusé toujours sur ses occupations, s'était engagé à venir et n'avait pas paru. Fidèle à la promesse qu'il avait faite à Joseph, le garde à cheval n'avait pas adressé de reproches à son parent, quoique celui-ci commençât à l'impatienter beaucoup et aussi à l'inquiéter.

— J'ai peur, dit-il un jour à Joseph, que ce

garçon ne se dérange, qu'il n'ait fait quelque mauvaise connaissance.

— Mon Dieu! lui répondit Joseph, il y a, vous le savez, un point sur lequel les hommes prennent facilement la mouche. Votre cousin n'aura pas été content peut-être de me voir installé, comme je le suis, sous le même toit que mademoiselle Marguerite.

— Et pourquoi donc?

— Ne m'avez-vous pas dit qu'il l'aime, et qu'il désirerait l'épouser?

— Oui. Eh bien?

— Ce ne serait pas raisonnable sans doute; mais l'amour et la raison sont deux : il ne serait pas impossible, par conséquent, que ma présence ici excitât la jalousie de M. Charles, non-seulement comme parent, mais aussi comme amoureux.

— Oh! oh! non, ce n'est pas possible. Ce serait par trop absurde. Comment! il s'imaginerait que vous voulez épouser Marguerite et que Marguerite voudrait vous épouser? Ah bien! par exemple, vous auriez là une drôle d'idée tous les deux, et il serait bien amusant, lui-même, de se mettre en tête de pareilles choses.

Et M. Lerond se mit à rire de tout son cœur, tandis que Joseph riait lui-même de l'hilarité de son hôte; car il était évident que, si celui-ci trouvait l'idée de cette alliance si divertissante, ce n'était pas du tout pour les raisons qui eussent porté Joseph à la repousser.

— Mais, pensez-donc, monsieur Roland, reprit le garde, c'est absolument comme si mon grand lévrier Roch était jaloux du pinson de Marguerite. Eh! bon Dieu! qu'est-ce que vous pouvez avoir de commun, vous et ma fille? Je ne sais pas s'il existe des femmes faites pour vous; mais ce n'est toujours pas une petite ménagère comme elle qui pourrait vous être associée. Vous allez, vous venez, vous êtes toujours en l'air; vous passez votre temps à courir après des fleurs et des insectes, et à griffonner des feuilles de papier : c'est très-bien, ou du moins ça ne regarde que vous seul ; mais, quand on a femme et enfants, on ne peut pas s'oublier comme ça et vivre au jour le jour sans s'occuper du lendemain. Si l'on n'a pas de fortune, il faut du moins, pour s'établir, avoir un état. Quant à Marguerite, vous ne feriez pas plus son affaire qu'elle ne ferait la vôtre. Elle n'a pas toujours le caractère des plus faciles. Il lui faut un mari qui ait le bras plus solide que vous ne l'avez, et aussi l'humeur moins douce; qui rie plus volontiers, et qui, dans l'occasion, parle plus haut que vous ne sauriez faire. Il n'y a qu'à vous voir l'un auprès de l'autre pour comprendre que, sous aucun rapport, vous ne pouvez vous convenir.

— J'en suis aussi persuadé que vous, répondit

Joseph, et je vous prie de croire que je n'ai jamais pensé...

— A qui le dites-vous ? Ce que je dis moi-même ne vous est pas adressé non plus ; vous en êtes, j'espère, bien convaincu. C'était à Charles en quelque sorte que je répondais, en admettant qu'il ait en effet l'idée que vous lui attribuez.

— Pardon ; mais je n'ai fait à cet égard qu'une supposition dont vous pouvez, mieux que moi, apprécier la vraisemblance.

— Oui, et je crois bien que c'est la mienne qui est la plus probable des deux, malheureusement, quoique, d'un autre côté, s'il était capable de se mettre ainsi martel en tête à propos de rien, il ne m'irait pas beaucoup mieux pour gendre. La mauvaise conduite, ça peut n'être qu'une faute, et une faute, on en revient ; mais un vice, et surtout un vice d'esprit, comme est la jalousie à ce degré d'absurdité, c'est incurable. Au surplus, il n'est pas encore marié, ni même fiancé avec ma fille, et il faudra voir.

— Et puis, monsieur Lerond, reprit Joseph, peut-être encore n'y a-t-il rien du tout, ainsi que cela arrive souvent ; peut-être l'absence de votre cousin n'a-t-elle en effet d'autre motif que ses occupations.

— Pour cela, j'en serais étonné : je n'ai pas de preuves, je n'ai rien vu ; mais je flaire quelque chose, et nous autres, gens des bois, nous sommes un peu limiers, notre nez ne nous trompe guère. Voyez aussi Marguerite, comme elle est soucieuse. Elle ne parle pas de son cousin, elle ne se plaint pas, comme elle faisait autrefois : c'est qu'à présent elle est vraiment et sérieusement inquiète. Elle sent comme moi que cet oubli prolongé n'est pas naturel. Mauvais drôle! jamais Marguerite n'avait été si aimable pour lui que le dernier soir qu'il a passé avec nous. Ainsi, il n'avait pas le plus léger prétexte pour être jaloux. Il ne l'est pas non plus, soyez-en bien sûr.

VI

Marguerite, c'est une justice à lui rendre, n'avait pas en effet poussé la dissimulation jusqu'à accuser son cousin d'ingratitude envers elle. Quand il était question de lui, elle ne disait jamais un mot ; mais elle témoignait, par un léger froncement de ses sourcils noirs et par un certain air de pénible impatience, qu'elle n'était pas sans se blâmer quelque peu elle-même, et qu'elle restait bien résolue cependant à ne pas en tenir compte.

Vis-à-vis de Joseph, son attitude ne variait pas
davantage, offrant, comme involontairement, l'expression d'un languissant reproche et d'une mé-
lancolique obstination. Elle avait eu quelques jours
d'espoir, lorsque le jeune homme avait changé de
tactique à son égard ; mais elle n'avait pas tardé à
comprendre que ce n'était là qu'un adoucissement
extérieur, et la lumière vive dont ses yeux s'étaient
ranimés avait de nouveau fait place aux lueurs
mourantes du chagrin. Seulement, sa tristesse et
ses airs de victime devenaient de plus en plus
marqués et nébuleux, à mesure que s'avançait la
convalescence de Joseph, au point que celui-ci se
demandait parfois si la faute bien légère qu'il avait
commise envers elle ne se trouvait pas fort aggravée
par les ravages qui en résultaient, et s'il pouvait, en
toute sûreté de conscience, fermer ses yeux à la
tacite élégie de la jeune fille.

Le scrupule était excessif ; mais de moins délicats auraient pu, comme lui, se croire coupables,
en présence de telles démonstrations, sans être
disposés comme lui à s'en préoccuper. Il pensa
toutefois que, ce sentiment étant si peu motivé, si
capricieux, il y avait de grandes chances pour qu'il
s'effaçât aussi rapidement qu'il était venu, aussitôt
que l'objet n'en serait plus présent. En cela Joseph
pouvait s'abuser. Lorsqu'on a aimé quelqu'un sans
savoir pourquoi, ce n'est pas en effet son absence

qui pourra nous instruire mieux et nous convaincre de la folie d'une telle affection.

Au surplus, quoique Joseph fût très-désireux
d'échapper à la situation incommode où il se trouvait, il ne se départit en aucune façon du rôle mo-
déré qu'il s'était imposé. Il ne s'attendrit pas, ni
ne s'impatienta. Il avait la qualité de son défaut
(l'expression est consacrée) : devant une impossi-
bilité matérielle, il s'arrêtait aussi facilement qu'il
se laissait aller à tous les chemins. La même disposition qui le faisait céder à la moindre pente
l'empêchait de s'irriter contre un obstacle insur-
montable. Il fallait que ses convictions morales se
trouvassent intéressées, pour le rendre capable de
persévérance et de volonté, et alors, comme on a
pu le voir, il n'en manquait pas.

L'épreuve bizarre à laquelle il était soumis arriva
cependant à son terme. Au bout de six semaines,
l'appareil de son bras fut levé. Depuis quelques
jours déjà, la faculté de locomotion lui avait été
rendue. Le médecin lui conseilla, pour achever sa
guérison, d'aller prendre les eaux d'Aix en Savoie,
et de ne se promener pendant quelque temps qu'en
voiture, en calèche même, afin de pouvoir placer
son pied horizontalement, de manière que le sang
n'y fût pas attiré.

Les médecins font beaucoup de prescriptions de
ce genre. Quelque médiocre que soit évidemment

la position financière de leurs clients, ils les traitent volontiers comme des millionnaires au dernier, ou pour mieux dire, à l'avant-dernier moment. Ceux-ci, flattés de l'erreur, en sont moins disposés à chicaner sur les honoraires.

Joseph, après s'être acquitté envers le docteur, tant pour la politesse que pour les soins qu'il en avait reçus, se crut parfaitement en droit de ne pas tenir un compte rigoureux de ses avis, et, pour commencer, il se rendit à pied de Villebon à la porte Royale. Quoique le trajet soit assez long, il n'en fut pas trop fatigué, et vit avec plaisir qu'il pourrait se dispenser d'acheter un équipage.

Charles se trouvait chez lui lorsque Joseph y arriva. Le jeune garde salua son rival d'un air contraint, presque bourru, et il lui offrit un siége en l'interrogeant du regard sur le motif de sa visite, comme s'il n'eût pas dû le deviner.

— Je viens, monsieur, lui dit Joseph, vous remercier de l'assistance et des soins que vous avez bien voulu me donner...

— Ce n'était pas la peine de vous déranger pour cela, monsieur, répondit Charles brusquement.

— Pardon; mais je tenais beaucoup à vous voir : d'abord pour vous exprimer ma reconnaissance...

— Vous êtes bon : ce que j'ai fait n'est rien du tout.

— Pour vous, peut-être; mais, pour moi, je vous assure que c'est beaucoup.

— Eh bien, monsieur, vous en ferez autant
pour le premier chrétien que vous verrez embarrassé comme vous l'étiez. Nous sommes quittes :
n'en parlons plus.

— Permettez-moi, monsieur Charles, de vous
adresser une question.

— Voyons, monsieur.

— Pourquoi, depuis six semaines, n'êtes-vous
pas revenu voir vos parents ?

— Ça, monsieur, ce sont mes affaires. Je ne
vous demande pas, moi, pourquoi vous êtes venu
à Villebon.

— Et peut-être aussi pourquoi je me suis cassé
le bras et foulé le pied.

— Ma foi...

— Allons, monsieur Charles, je vois que je ne
m'y suis pas bien pris. Il y a une chose que j'aurais dû commencer par vous dire, c'est que je
quitterai Villebon ce soir et que je suis résolu à
n'y retourner jamais, au risque de paraître le plus
ingrat des hommes à votre digne et excellent
parent.

— Eh bien, qu'est-ce que cela me fait, à moi ?
Allez, venez, restez ou disparaissez, soyez ingrat
ou non, à votre aise, ne vous gênez pas. Cela
m'est fort égal. Je ferai de mon côté ce qui me
conviendra.

— Enfin, monsieur, pour que vous me parliez

avec tant de rudesse et d'emportement, vous qui
êtes un brave et honnête garçon, il faut bien cependant que vous croyiez avoir à vous plaindre de
moi. Si je vous ai blessé, si je vous ai fait tort
en quelque chose, je vous en prie, dites-le-moi.

— Eh ! sacrebleu ! vous le savez bien. Oui,
vous m'avez blessé, blessé au fond du cœur ; oui,
vous m'avez fait tort, et un tort qu'il n'est pas
même en votre pouvoir de réparer. Ah ! oui, vous
avez fait un beau coup, allez ! vous pouvez vous
en vanter, au lieu de faire comme cela l'innocent...

Le jeune homme appuya alors ses poings contre
ses yeux comme pour renfoncer les larmes qui y
affluaient ; puis, frappant violemment sur une table
qui se trouvait auprès de lui, il se leva.

— Tenez, dit-il d'une voix étranglée, croyez-
moi : allez-vous-en. C'est moi qui vous en prie ;
car, voyez-vous, il me passe dans le cœur des rages
dont je ne serais peut-être pas longtemps le maître.
Je pourrais vous insulter, et, chez moi, dans l'état
où vous êtes, ce serait une lâcheté.

— Non, monsieur Charles, reprit Joseph, ce ne
serait pas une lâcheté, mais pis encore : ce serait
une mauvaise action. Je suis parfaitement capable
de me défendre contre n'importe qui ; mais ce n'est
pas là ce qui vous arrêtera, j'en suis sûr ; c'est votre
conscience. Je viens à vous avec de bons sentiments, pour vous raisonner et vous tranquilliser.

Vous ne pouvez pas y répondre en m'outrageant.

— Eh bien ! oui, j'ai tort ; en outre, je l'avoue et je vous fais mes excuses ; mais, vous le voyez, je souffre, je suis malade, et vous ne pouvez qu'irriter ma blessure en y touchant.

— Je puis la guérir, j'en suis sûr, et facilement. Écoutez ; laissons de côté tous les détours : vous aimez votre cousine, et vous vous êtes imaginé...

— Oh ! imaginé ! Est-ce de la franchise, ça, monsieur ? Je suis certain, très-certain, et vous aussi.

— Soit ; vous êtes certain que, par le fait de ma présence, l'attachement de votre cousine pour vous s'est trouvé altéré.

— Altéré, je n'en sais rien ; je ne sais pas si jamais elle a eu pour moi la moindre affection ; ce que je sais, c'est qu'elle vous aime, vous, à présent, et que, par conséquent, elle n'aime plus que vous au monde.

— Il me semble que vous avez décidé cela bien rapidement et sur des indices bien légers.

— Bien légers d'abord, c'est possible ; mais ensuite les preuves ne m'ont pas manqué. Quand je suis arrivé chez mon cousin, je n'ai pas fait grande attention à vous. Vous étiez là en blouse ; vous n'aviez pas la mise d'un seigneur ; et puis je ne regardais qu'à la porte par où Marguerite devait venir. Quand Lerond m'a raconté votre histoire, j'ai com-

mencé à me méfier et à dresser l'oreille. Ça n'était
pas très-naturel ; mais enfin c'était possible. Ma
cousine était très-aimable pour moi ; jamais peut-
être elle ne l'avait été autant. J'étais heureux
comme un roi, ou plutôt comme un imbécile. Voilà
que, tout en causant avec moi, elle envoie vers
vous un regard, ah ! mais un regard ! Voyez-vous,
ça ne fut qu'un éclair ; mais ça suffit pour me ren-
seigner. Pour un regard pareil, j'aurais donné
toutes les gentillesses qu'elle me faisait depuis une
demi-heure. Je vis tout d'un coup jusqu'au
fond de son cœur ; je vis qu'en m'écoutant elle ne
pensait qu'à vous. Ça fut comme si je recevais un
coup de barre de fer sur la tête, comme si je tom-
bais du ciel au fond d'un puits. Je vous regardai
aussi, moi, alors, et je vous écoutai. Je ne suis
pas en humeur de vous faire des compliments,
comme vous le croyez bien ; mais je compris tout
de suite que vous étiez autre chose que moi ; je
compris ce que voulait dire ce mot *distingué* que
j'avais entendu employer et que j'avais employé
moi-même quelquefois sans savoir. Vos jolies
mains blanches, vos cheveux fins comme de la
soie, votre air fier, votre tournure élégante et tranquille, je vis tout cela ; j'entendis votre voix douce
et claire, vos phrases si bien faites, et j'eus honte
de moi, de mes grosses mains, de mes gros pieds,
de mon gros rire. Avec votre blouse de toile, vous

aviez l'air d'un prince, et, moi qui m'étais donné
tant de peine pour m'arranger, je n'étais auprès
de vous qu'un lourdaud, qu'un valet. Marguerite
voyait ça comme moi, et, par conséquent, elle ne
pouvait pas hésiter entre nous deux. Gentille et
mignonne comme elle est, il était impossible qu'elle
ne fût pas attirée tout de suite vers vous. Je pouvais l'aimer plus fort, mais vous l'auriez aimée
plus gentiment, et ça valait mieux pour elle ; c'était
sensible. Aussi j'aurais dû m'en aller immédiatement. Je le voulais ; mais, comme vous savez, mon
cousin s'est fâché et m'a retenu. Et puis, quand on
est amoureux, on est volontiers un peu lâche, et je
me suis dit alors que vous alliez partir, que Marguerite, après vous avoir regretté pendant quelque
temps, finirait peut-être par ne plus penser à vous
et par m'accepter, faute de mieux. Je n'étais pas
fier, comme vous voyez ; mais je me rendais justice. Tout de même, j'étais joliment pressé de vous
dire adieu. Ce maudit chemin n'en finissait pas.
J'avais un pressentiment que nous n'irions pas
jusqu'au bout. En effet, voilà que j'entends Marguerite jeter son cri, qu'elle n'en eût pas trouvé
un pareil si elle avait vu son père lui-même se
fendre la tête. Bon ! que je me dis, voilà le prince
qui fait semblant de se casser le cou ou la jambe.
C'était sûr. Quand je vis que vous étiez réellement
blessé, comme je croyais que c'était par malice

que vous étiez tombé, j'en fus content. C'était mal,
c'était très-mal. Jamais de la vie je ne m'étais senti
de ces mouvements-là.

— Cependant, dit Joseph, cela ne vous a pas
empêché de me porter, d'aller chercher le médecin,
de me soigner comme un frère aurait pu le faire.

— Ah ! ma foi ! je me suis pris au collet et je
me suis dit qu'il fallait marcher ; mais je ne vous
en aimais pas mieux.

— Vous n'en aviez que plus de mérite.

— Ah ! oui, parlons-en, de mon mérite ; il était
joli. Tenez, puisque je suis en train de me confesser,
je vous dirai tout. Quand j'ai su que vous étiez très-
malade, avec le délire, et que ma cousine ne bou-
geait pas d'auprès de vous, j'ai espéré que vous
pourriez en mourir, et je me suis dit : Tant mieux !
ce sera bien fait ; et si Marguerite en meurt aussi
de chagrin, tant mieux encore ! Est-ce que vous
croyez que ça me faisait plaisir d'avoir des idées
pareilles ? et croyez-vous que je n'aie pas bien le
droit de vous détester pour me les avoir données ?

— Vous êtes jaloux, monsieur Charles, dit
Joseph, et vous avez l'imagination vive ; double
motif pour que vous vous soyez exagéré les torts
de votre cousine et les miens.

— Ma cousine n'a pas de torts ; au fond, je l'ap-
prouve de vous préférer à moi, et c'est ce qui me

rend encore plus furieux. Et quant à vous, je n'ai même pas la consolation de pouvoir me dire que vous ayez eu besoin du moindre effort pour vous faire aimer d'elle. Mon malheur est aussi complet et aussi irréparable que possible. Maintenant que Marguerite vous connaît, il n'y a plus à espérer qu'elle vous oublie et qu'elle se r'habitue à moi.

— En vérité, monsieur Charles, vous êtes par trop modeste.

— Ce n'est pas cependant mon défaut habituel. Ah ! s'il s'agissait d'une paysanne ou d'une ouvrière, je pourrais me flatter de l'emporter sur vous, et encore ce serait chanceux, parce que les femmes ont presque toutes l'instinct de ce qui est le mieux ; mais Marguerite, il n'y avait pas de danger qu'elle s'y trompât.

— Pensez donc cependant : elle est encore bien jeune, presque une enfant...

— Raison de plus.

— Je veux dire qu'en admettant qu'elle fût disposée à s'attacher à moi, cette affection, à son âge, ne peut pas s'être encore enracinée au point d'être désormais ineffaçable. Toutes les jeunes filles ont des caprices pareils, des inclinations subites, qui disparaissent aussi vite qu'elles sont venues, ne laissant pas plus de traces qu'elles n'avaient de motifs. Mademoiselle Marguerite est trop jeune encore pour avoir pu apprécier en vous toute la

noblesse de cœur et toutes les rares qualités que
vous m'avez révélées dans cet entretien ; mais
elle a elle-même un très-bon cœur et une intelligence très-droite : elle ne tardera pas à vous rendre
justice, soyez-en convaincu, et à comprendre que
personne ne peut, mieux que vous, l'aimer et la
rendre heureuse.

— Vous ne voudriez donc pas l'épouser vous-
même ?

— Je ne le pourrais pas pour beaucoup de raisons : la première, c'est que mon cœur n'est pas
libre : j'ai aimé et j'aime peut-être encore une
femme qui s'est cruellement moquée de moi. Vous
voyez que je ne suis pas aussi irrésistible que vous
vous l'êtes figuré. D'ailleurs, mon caractère et mes
occupations m'interdisent de songer au mariage
d'ici à longtemps.

— Ainsi, c'est le hasard seul qui vous a amené
chez M. Lerond, car j'espère que vous n'avez pas
non plus d'autres idées ?

— Serais-je venu vous trouver, si cela était ?

— Ç'a été alors un hasard bien fâcheux, car il
aura fait le malheur de Marguerite et le mien. Que
vous y ayez aidé ou non, le résultat est le même.

— Vous êtes donc résolu à ne plus revoir votre
cousine ?

— A quoi cela me servirait-il ? Elle ne m'aime
pas et ne m'aimera jamais, je vous le répète. Si

elle doit vous oublier, ce ne sera pas à mon profit.
Pour elle-même, autant que pour moi, je ne voudrais plus maintenant l'épouser, précisément parce
que je l'aime. Je serais jaloux et je deviendrais
méchant. Pauvre petite! non, non, je ne m'expo-
serai pas à la brutaliser. Mais, d'ailleurs, est-ce
qu'elle voudrait de moi ? Elle n'est pas si enfant
que vous le croyez. Elle a le caractère bien formé
et bien résolu. Ainsi, soyez-en sûr, ce n'est pas un
caprice qu'elle a pour vous. A présent qu'elle a
tremblé et pleuré à votre sujet, qu'elle a veillé
pendant des journées auprès de vous, qu'elle vous
a soigné, dorloté et qu'elle a causé longuement
avec vous, c'est bien du fond du cœur qu'elle vous
aime. Vous êtes tout pour elle : son héros, son
dieu, son enfant ; moi, je suis son cousin, et rien
de plus. Quelle chute elle ferait !

— Votre refus provient assurément d'un sentiment fort délicat, fort honorable. Prenez garde
pourtant de le pousser trop loin et que cela ne vous
rende injuste envers votre cousine et envers son
père. Vous connaissez toute l'affection de M. Lerond pour vous ; vous savez aussi quel esprit juste
et perspicace il possède ; eh bien, il ne croit pas le
moins du monde aux conséquences funestes qu'aurait, selon vous, ma présence chez lui pour votre
avenir commun. Nous avons eu ensemble une
explication à ce sujet.

— Mon cousin est plus capable que moi, sans doute, de juger bien des choses; mais, avec tout son esprit, il est un peu le contraire des lièvres : il voit de très-loin ce qui est droit devant lui et n'aperçoit pas ce qui est à ses côtés. On dit que les amoureux sont aveugles : personne, au contraire, n'a de meilleurs yeux pour tout ce qui intéresse leur amour.

— Soyez sûr, cependant, que les vôtres vous ont étrangement grossi les objets, en cette circonstance. Si M. Lerond, de son côté, a pu se tromper un peu sur ce qui est, il a vu très-bien ce qui doit être et ce qui sera, si vous n'y mettez pas obstacle par une susceptibilité vraiment excessive. Ne vous préparez pas des regrets éternels, ne compromettez pas tout le bonheur de votre vie par une obstination désormais inexcusable. Vous me valez bien de toutes façons; ainsi...

— Non, monsieur Roland, non, je ne vous vaux pas : vous n'êtes pas fait pour me prier, je le sens bien. Au lieu de me fâcher et de vous dire des malhonnêtetés, j'aurais dû comprendre tout de suite combien il y a de bonté et de franchise dans la démarche que vous faites. Pardonnez-moi : je suis un pauvre garçon sans éducation; mais, au fond, le cœur n'est pas mauvais. Je ferai ce que vous me demandez.

— Merci, monsieur Charles; je vous suis reconnaissant de cette concession comme d'un service personnel.

— Ce sera inutile, continua le garde en secouant tristement la tête; mais, à la grâce de Dieu ! quand les gens sont dans le chagrin, ce n'est pas le moment de les abandonner.

— Tout ira bien; vous verrez. J'aurais été au désespoir si nous ne nous étions pas quittés bons amis. Nous ne sommes peut-être pas destinés à nous revoir jamais; mais je me souviendrai toujours de vous comme d'un des plus braves garçons que j'aurai jamais rencontrés. Voulez-vous me permettre de vous donner la main?

Le garde lui tendit la sienne; mais il lui fallut évidemment un certain effort pour s'y résoudre.

— Sans rancune, j'espère, lui dit Joseph.

— Il m'en reste bien encore un peu, je crois, répondit Charles; mais du moins c'est contre ma volonté.

— Je suis tranquille : avant quinze jours d'ici, vous serez peut-être trop heureux pour penser seulement à moi; mais je ne vous en voudrai pas de cet égoïsme. Merci encore, et adieu.

— Adieu, monsieur.

Les deux jeunes gens se séparèrent ainsi. Charles rentra chez lui, sinon plus content, du moins plus tranquille, son chagrin étant passé de la colère à la résignation; rien de plus.

Quant à Joseph, il se sentait tout soulagé par le succès de sa négociation, qu'il avait craint un peu de voir échouer contre la sensibilité rocailleuse du jeune garde. Aussi, malgré l'engourdissement de faiblesse qu'il ressentait dans son pied foulé, trouva-t-il le chemin beaucoup plus agréable en revenant qu'en allant. En règle avec sa conscience, il put s'abandonner à ce sentiment toujours si doux de la liberté reconquise, qui est le même chez le malade convalescent que chez le prisonnier relâché.

Pour une nature aussi ennemie de toute compression matérielle qu'était Joseph, la clef des champs était un trésor particulièrement appréciable, dont celle des caisses de MM. de Rothschild ne lui eût pas compensé la perte. Il s'en allait donc, par les sentiers vert-fleuris, sous les arbres animés, murmurant à la louange de cette benoîte clef, une ode non moins amoureuse, non moins exaltée que celle que Rabelais, cet autre vagabond, adressait jadis, dans les mêmes parages, à la dive bouteille.

Tandis qu'il en rhythmait dans sa tête les strophes, dont beaucoup restaient inachevées, comme il arrive assez habituellement, Joseph, sans plus se préoccuper de ce qu'il y avait encore d'embarrassant dans sa situation, faisait gaiement tournoyer dans sa main la clef recouvrée, c'est-à-dire que, comme la Fontaine, il ne prenait pas le chemin le plus court. Au mois de juillet où l'on était alors, les bois

sont si beaux, si remplis de charmes et de séduc-
tions, qu'il lui eût été bien impossible de ne pas s'y
oublier un peu, après avoir été, d'une façon si in-
tempestive, privé de ce bonheur. Les arbres le
berçaient de leur respiration harmonieuse ; les
fleurs avaient comme des regards pour l'attirer et
les sentiers des bras pour l'enlacer.

Il se laissa si bien faire, qu'il commençait à se
demander s'il serait capable de se rendre jusqu'à
Villebon, lorsque, auprès de l'étang des Fonceaux,
qui en est à peu près à mi-chemin, il rencontra
M. Lerond, qui venait au-devant de lui avec sa carriole.

— Quand j'ai vu que vous tardiez tant à rentrer,
dit-il, je me suis douté que vous aviez voulu aller
jusqu'à la porte Royale. Une si longue course à
pied, quelle imprudence !

— Elle m'a, fait au contraire, beaucoup de bien,
de toutes façons, répondit Joseph.

— Est-ce que vous avez vu ce sauvage de
Charles ?

— Oui, certainement.

— Eh bien, est-il toujours aussi occupé ?

— Il viendra vous voir demain, peut-être même
ce soir.

— En vérité ! c'est trop de bonté de sa part.
Et a-t-il bien voulu vous dire ce qui lui avait
pris ?

— Oh! oui, nous avons causé assez longuement. Comme je l'avais supposé, il me faisait l'honneur d'être jaloux de moi.

— Cette idée !

— Elle était en effet des plus saugrenues. Mais, vous savez, quand on est amoureux... Du reste, à présent c'est fini.

— Il faudra bien cependant que je me moque un peu de lui.

— N'en faites rien, je vous en prie ; recevez-le comme l'enfant prodigue : il a assez souffert comme cela.

— Et nous donc, est-ce qu'il ne nous a pas affreusement tourmentés, ma fille et moi ?

— N'importe ; accueillez-le comme si de rien n'était : je vous le demande en grâce.

— Ce sera pour vous alors ce que j'en ferai.

— Pour moi, si vous voulez ; mais tout le monde y gagnera.

— Heuh ! heuh ! je n'en sais trop rien ; mais vous êtes encore malade, il ne faut pas vous contrarier.

— J'y puis compter, alors ?

— Assurément : vous verrez si je lui dis un seul mot.

— Je ne le verrai pas ; mais votre parole me suffit.

— Comment ? que voulez-vous dire ?

— Qu'à mon grand regret, je me trouve contraint de prendre congé de vous immédiatement.

— Pas ce soir pourtant, je suppose.

— Ce soir même. Ma présence est indispensable à Paris pour mes affaires. En outre, mon père, dans sa dernière lettre, me disait qu'il était un peu souffrant et qu'il serait bien aise de me voir. Je lui ai répondu hier que je partirais pour Orléans dans trois ou quatre jours au plus tard. Vous voyez que je n'ai pas de temps à perdre.

— S'il en est ainsi, je ne me permettrai pas d'insister pour vous garder. Quelques jours de repos encore ne vous auraient cependant pas fait de mal.

— Bah ! le repos, j'en suis accablé depuis quelque temps.

— On ne se repose pas quand on souffre. Enfin, puisque votre départ est absolument nécessaire, il faut s'y résigner. Mais du moins j'espère que vous dînerez avec nous.

— Mon Dieu ! il faut que je me prive même de ce plaisir. Cela me ferait arriver trop tard à Paris et m'obligerait à me fatiguer davantage. Ma malle est toute prête : ainsi, je vous prierai donc de me permettre de profiter de votre voiture pour aller jusqu'à Meudon. Je trouverai bien là quelqu'un pour vous la ramener.

— Je vous conduirai moi-même. C'est bien le moins que je m'accorde cette consolation. Moi qui avais compté que vous achèveriez de vous rétablir ici tout doucement !

— Je regrette aussi vivement que vous l'obligation où je me trouve de vous quitter si brusquement, croyez-le bien.

— Marguerite ne sait pas encore cela ?

— Non ; je ne lui en ai pas parlé.

— Elle va être bien désolée aussi : à présent vous êtes pour elle tout à fait un frère. Ce n'est pas étonnant : vous êtes si bon, si doux pour elle ; vous écoutez avec tant de complaisance tous ses babillages d'enfant gâté. Il n'y a pas jusqu'à ma femme qui sera fâchée de vous voir partir. Quant au petit, il en aura au moins pour deux heures à pleurer, et il vous redemandera plus d'une fois.

— Vous m'avez donné, pour ne pas vous oublier, de bien autres raisons que toutes celles que vous pouvez avoir de vous souvenir de moi. Sans faire de tort à personne, je puis bien dire que nulle part au monde je n'aurais trouvé des soins pareils et donnés avec une telle bonté de cœur.

— Nous avons fait de notre mieux, chacun selon ses moyens. Mais vous vous rappelez ce que je vous disais, à propos de notre rencontre : eh bien, ce n'est peut-être pas encore fini ; ce sera peut-être à votre tour maintenant.

— Ce serait de grand cœur ; mais il vaut mieux
que vous n'ayez besoin de l'assistance de personne.

VII

Pendant cet entretien, la carriole était arrivée près de la garderie.

Au détour que fait le chemin en sortant des bois, Joseph aperçut Marguerite, qui se promenait derrière la maison, regardant d'un air inquiet du côté par où la voiture devait revenir. En la voyant tourner, elle se hâta de rentrer. Ce mouvement, auquel M. Lerond ne donna aucune attention, ne pouvait pas être si insignifiant pour Joseph. Il se dit qu'il s'était peut-être singulièrement avancé dans les assurances qu'il avait données à Charles, et ce fut avec assez d'inquiétude qu'il se vit au moment d'annoncer son départ à la jeune fille et de lui faire ses adieux.

Jeannette vint, suivant sa coutume, pour aider son mari à dételer le cheval et à rentrer la voiture.

— Laisse ça, lui dit le garde, et viens un peu : je vais avoir besoin de toi.

En entrant dans la salle, Joseph vit Marguerite debout près de la fenêtre, ouvrant les yeux et tendant l'oreille, toute son attitude exprimant la méfiance et l'anxiété. Elle avait entendu ce que son père avait dit. Si elle restait dans le doute, par conséquent, c'est qu'elle le voulait absolument.

— Le voilà, ce fugitif, dit M. Lerond, je te le ramène; mais, malheureusement, ce n'est pas pour bien longtemps.

Marguerite devint pâle comme la mort; ses sourcils et ses lèvres se contractèrent; son corps trembla légèrement, ses petites mains se crispèrent; mais elle ne bougea pas autrement et ne dit pas un mot.

— Viens, dit le garde à sa femme, tu vas m'aider à descendre la malle de M. Roland, pendant qu'il fera ses adieux à Marguerite. Ne montez pas; vous vous fatigueriez inutilement.

Joseph resta donc seul avec la jeune fille, beaucoup plus embarrassé qu'il ne l'eût été, en pareil cas, vis-à-vis d'une personne du monde, avec laquelle tout aurait pu se passer en cérémonie, quoique, à vrai dire, la passion, peu soucieuse de l'étiquette et des formules convenues, se manifeste d'une manière assez semblable chez les personnes des conditions les plus diverses.

— Ma chère petite sœur, dit enfin le jeune homme, permettez-moi de vous remercier encore bien cordialement de vos excellents soins et de votre gracieuse compagnie. J'en resterai toute ma vie profondément reconnaissant.

Marguerite tourna brusquement la tête de côté; geste qui, dans son langage, eût pu se traduire par : « Je crois bien! » ou : « Qu'est-ce que cela me fait? »

— J'espère, reprit Joseph, que vous ne doutez pas de mon affection et des vœux que je fais pour votre bonheur?

— Vous êtes un méchant, répondit la jeune fille, dont les larmes, contenues à grand'peine par son silence, firent irruption au premier mot qu'elle prononça. Pourquoi partez-vous?

— Diable! se dit Joseph, M. Lerond devrait bien descendre... Ma petite sœur, dit-il à Marguerite, soyez raisonnable, je vous en prie. Il fallait bien que je m'en allasse un jour ou l'autre.

— C'est vrai ; mais, alors, pourquoi êtes-vous venu ?

— Mon Dieu ! vous le savez, c'est le hasard...

— Oh ! le hasard !

— Et maintenant ce sont mes affaires qui m'obligent...

— Vous n'avez pas d'affaires.

— Mais si, vraiment, je vous assure. Plus tard, j'espère qu'il me sera possible de revenir à Villebon...

— Oh ! non, ne me faites pas de promesses que vous ne tiendriez pas. Il vaut mieux peut-être... Enfin, comme vous voudrez. Seulement, si vous êtes encore malade, et que vous n'ayez personne pour vous soigner, il faudra me le faire dire.

— Certainement, je vous le promets.

— Eh bien, dit M. Lerond paraissant à ce moment à la porte, on n'est pas content de vous. Je vous l'avais dit. Dame ! aussi, cette enfant, elle vous a soigné, guéri, et vous ne lui laissez pas seulement le temps de jouir de son succès. Mais sois tranquille, fille, monsieur Roland reviendra nous voir bientôt. N'est-il pas vrai ?

— Le plus tôt que je pourrai, répondit Joseph.

— Il y avait différents objets que vous aviez oublié d'enfermer dans votre malle ; c'est ce qui m'a retardé : cette pipe, ce couteau de chasse, vos boutons de chemise...

— Pardon, mais c'est à dessein que j'avais laissé cela dehors. Permettez-moi de vous offrir la pipe, à vous, mon cher hôte. Vous savez que c'est pour moi un meuble tout à fait inutile.

— Que vous vous en priviez ou non, je l'accepte comme vous me la donnez, de grand cœur. Elle est très-belle et en outre excellente ; car, ainsi que vous le savez, j'en ai fait l'essai.

— Voudrez-vous aussi être assez bon pour faire accepter le couteau de chasse à votre cousin ?

— Je le lui remettrai de votre part.

— Quant à ces petits boutons, c'est bien peu de chose ; mais je serais très-reconnaissant si mademoiselle Marguerite voulait bien me faire la grâce de les accepter à titre de simple souvenir.

— Elle aura cette bonté, dit le garde. Eh bien, mon enfant, tu ne remercies pas M. Roland ?

— Merci, monsieur, dit la jeune fille à travers le gonflement de son cœur et les efforts qu'elle faisait pour ressaisir ses larmes.

— Maintenant, dit le garde, à mon tour de vous offrir aussi un souvenir. Reconnaissez-vous cela ?

Et il présentait à Joseph une canne faite d'une racine d'arbre et dont la crosse était formée par un pied de chevreuil ferré d'argent. C'est votre racine, celle qui a causé votre chute. Je l'ai fait sécher au four et arranger comme vous voyez. Après vous avoir été un piége, elle vous servira d'appui et de défense à l'occasion.

— Et aussi, dit Joseph, d'avertissement de ne plus être si étourdi une autre fois et de mieux regarder à mon chemin. Le cadeau me sera donc précieux de toute façon : je vous en remercie. Madame Lerond, j'ai aussi beaucoup de remerciments à vous faire; je vous enverrai d'Orléans des poules de Cochinchine, grosses comme des dindes.

— Ah ben! faudra plutôt les apporter, répondit Jeannette, que son mari regarda avec un certain étonnement.

Le jeune homme donna une poignée de main à la pauvre idiote, dont sa douceur lui avait ainsi entr'ouvert le cœur; après quoi, il embrassa le petit garçon, qui, depuis un instant, comprenant de quoi il s'agissait, s'était attaché à ses jambes comme pour le retenir.

— Vous n'embrassez pas aussi Marguerite? lui dit alors le garde.

Joseph déposa deux baisers discrets sur les joues frissonnantes de la jeune fille, qui restait comme pétrifiée et frappée d'un mutisme que son petit frère François était loin d'imiter.

La scène commençait à devenir singulièrement épineuse. Joseph se hâta d'y mettre fin en disant que l'heure pressait et en se précipitant dans la carriole, qui partit bientôt.

Marguerite la suivit des yeux, et, après l'avoir vue disparaître, courut sur la pointe des pieds jusqu'au tournant du chemin, afin de l'apercevoir quelques secondes de plus. Elle revint ensuite lentement, regardant à travers les arbres du côté par où s'éloignait la voiture, dérobée par l'épaisseur du massif, mais dont le roulement assourdi se laissait encore par instants percevoir à l'oreille de la petite affligée. Elle attendit jusqu'à ce qu'elle fût bien sûre de ne pouvoir plus rien entendre. Rentrant alors dans la maison, elle s'occupa à consoler François, ce à quoi elle réussit en l'endormant; puis elle monta dans la chambre que Joseph venait d'habiter pendant six semaines. Il n'y restait d'autres traces de ce séjour que quelques morceaux de papier épars sur le carreau; Marguerite les releva et les examina tous les uns après les autres. Il y en avait un qui était couvert entièrement de petites lignes d'écriture inégales et raturées. Elle le regarda longtemps, bien qu'elle n'y pût rien comprendre; puis elle le plia et le glissa dans son corset. Elle s'assit ensuite près de la fenêtre, à cet endroit où elle avait passé de longues heures à veiller sur Joseph et à écouter les paroles hallucinées que la fièvre lui mettait à la bouche.

Lorsque son père revint, elle y était encore.

Joseph ne s'arrêta à Paris que quelques jours, car il avait dit la vérité à M. Lerond, tant au sujet de ce qu'il comptait faire que de la lettre qu'il avait reçue de son père.

M. Roland avait alors près de soixante et quinze ans. Jusqu'à cette année, sa santé, demeurée intacte autant que le comporte la condition actuelle de l'humanité, ne l'avait pas fait souvenir de son grand âge, et il ne s'était vu aucune raison d'abandonner des occupations qui étaient moins pour lui une fatigue qu'un exercice habituel et, par conséquent, salutaire; mais récemment il avait éprouvé, à la suite d'une indisposition peu grave en elle-même, un affaissement dont le caractère tout à fait sénile lui avait fait juger qu'il était au moins au commencement de sa fin. Avec sa précision ordinaire, il avait, sans différer, tenu compte de cet avertissement. En vue d'assurer la position de son fils, il avait donc cédé sa fabrique, liquidé toute sa fortune, et, étendant sa prévoyance paternelle au delà de sa vie, il n'avait laissé à Joseph que l'usufruit de ses biens, dont le capital était dévolu aux enfants de celui-ci, nés ou à naître en légitime mariage. Joseph n'était pas encore marié; mais M. Roland n'était pas encore mort non plus : d'ailleurs, la clause précautionnelle qu'il introduisait dans son testament et que la loi autorisait encore à cette époque, comme une substitution déguisée, n'était pas annulée par le défaut d'héritiers du second degré lors de l'ouverture de la succession.

Le vieillard fit part à son fils des mesures qu'il avait prises. Joseph les trouva parfaitement raisonnables et justes, et cela sans la moindre dissimulation ; il n'y eut de pénible pour lui, dans l'entretien qu'il eut à ce sujet avec son père, que l'idée funèbre qui s'y rattachait. Sa dernière aventure lui avait donné beaucoup à réfléchir, et sa maladie lui en avait laissé tout le temps ; en voyant combien de conséquences fâcheuses pouvaient résulter, par ricochet, de la moindre irrégularité, du caprice en apparence le plus inoffensif, il avait résolu de ne plus abandonner sa vie, comme il l'avait fait jusqu'alors, aux seules impulsions du moment. Il ne voulut pas encourir de nouveau le douloureux et stérile repentir dont il avait été frappé par la mort de sa mère ; aussi n'attendit-il pas que son père lui témoignât le désir de le garder désormais auprès de lui. Joseph le lui demanda comme une grâce et d'une façon qui ne laissait aucun doute du moins sur sa sincérité, car il était assurément fort permis d'en conserver sur sa persévérance.

— Mais, lui dit son père, il est probable que je ne la mettrai pas à une bien longue épreuve.

Un de ces mots de vieillard qui vous entrent dans la poitrine comme une barre de fer rouge, et qui sont d'autant plus terribles qu'ils sont

dits d'un air plus doux et d'une voix plus résignée !
Quand un père a été autorisé à penser que,
pour une raison ou pour une autre, il vit trop
longtemps au gré de son fils, si quelque chose peut
rendre plus cruelle pour celui-ci l'expression d'un
tel sentiment, c'est assurément ce ton de plainte
réservée dont l'amertume se cache sous un sourire.

Joseph courba la tête sous le reproche trop mé-
rité qui lui était ainsi adressé ; mais il lui restait
l'espoir que son père vivrait assez longtemps encore pour être convaincu de sa conversion.

Du reste, il ne renonçait pas pour cela à la littérature, ce qui eût été, en effet, un assez médiocre
gage de constance. Orléans, même à cette époque
où la diligence régnait encore, n'était pas assez loin
de Paris pour lui rendre ce sacrifice matériellement obligatoire ; aussi Joseph voulut-il conserver
un logement dans la capitale des journaux et
des revues , où ses travaux devaient nécessairement le rappeler de temps en temps. Le premier
voyage qu'il y fit, un mois environ après en être
parti, avait pour but les arrangements à prendre à
cet égard.

En arrivant, il reçut de son concierge, parmi
quelques autres cartes ou lettres indifférentes, trois
cartes qui portaient le nom de *Pierre Lerond,
garde à cheval,* écrit à la main.

— Quand la personne qui vous a remis ces cartes est-elle venue pour la dernière fois ? demanda-t-il.

— Hier matin, monsieur, lui répondit le concierge ; ce monsieur avait l'air bien contrarié de ne pas vous trouver : il avait envie de partir pour Orléans ; mais, quand je lui ai dit que nous attendions monsieur pour aujourd'hui, il a dit qu'il reviendrait le lendemain de votre arrivée, qui est donc demain, et qu'il vous priait d'être assez bon pour l'attendre de onze heures à midi.

Joseph avait fait expédier à madame Lerond les poules qu'il lui avait promises, en y joignant quelques jouets pour François, et il avait écrit à M. Lerond pour l'avertir de l'envoi ; il n'aurait donc pas été bien étonné que celui-ci fût venu mettre une carte chez lui comme remerciment ; mais trois ! il n'était pas possible de n'y voir que de la politesse. Ce n'était pas certainement pour lui donner des nouvelles de ses poules que le garde voulait aller le chercher jusqu'à Orléans ; cet empressement devait avoir un motif infiniment plus sérieux, et le sérieux ici ne pouvait être qu'inquiétant.

Quand, le lendemain matin, à onze heures sonnantes, le garde se présenta chez Joseph, sa figure n'était pas faite pour rassurer celui-ci ; non pas qu'elle exprimât le moins du monde la colère et la menace, mais elle était empreinte d'une profonde tristesse qui en avait comme meurtri le paisible coloris et désorganisé les lignes habituellement si sereines.

— Que vous est-il donc arrivé? lui demanda Joseph en lui pressant affectueusement la main.

— Ma pauvre enfant se meurt, répondit-il, et il n'y a que vous qui puissiez la sauver, monsieur Roland.

— Elle est sauvée alors, répondit Joseph, qui n'ajouta que mentalement le surplus de la phrase historique : mais, moi, je suis perdu.

— Ne vous engagez pas témérairement et à l'avance, reprit le garde; je ne suis pas venu ici pour rien exiger de vous, ni même pour vous rien demander, je n'en ai pas le droit; je suis venu pour vous confier mes douleurs comme à un ami, et voir si vous pouvez me rendre la vie de mon enfant, sans vous sacrifier vous-même : c'est bien grave, comme vous voyez; si votre cœur m'est favorable, tant mieux, sinon, que la volonté de Dieu soit faite !

» Après votre départ, poursuivit-il, Marguerite était restée toute triste ; je trouvais cela bien naturel, d'autant plus que je ne me sentais pas très-gai moi-même. Charles était revenu nous voir le lendemain, comme vous me l'aviez annoncé; la petite l'avait accueilli avec amitié, sans lui faire

de reproches ; elle avait même eu plutôt l'air de le
plaindre, de sorte que je ne pouvais me méfier de
rien. Cependant, avec tout cela, elle pâlissait, ses
yeux se cernaient, elle ne mangeait plus ; au
moindre mot que je lui disais, elle se mettait à
fondre en larmes. Je me dis : Cette enfant est malade
pour sûr, et je commençai à m'inquiéter ; mais
j'étais bien à cent lieues de deviner la cause de son
mal. Ce n'est pas une raison, parce que deux
choses arrivent à la suite, pour que l'une soit la
conséquence de l'autre ; je proposai à Marguerite
de voir le médecin, elle ne voulut pas en entendre
parler ; j'insistai, elle se fâcha, elle pleura. Cependant, elle allait de mal en pis, si bien qu'au bout
de huit jours, elle fut obligée de rester au lit. D'autorité alors, je fis venir le docteur ; il dit que ce
n'était rien, que ça tenait à l'âge de ma fille ; il
ordonna des tisanes et de la distraction. De la distraction ! la pauvre enfant ne pouvait déjà plus se
lever, et, quant aux tisanes, il était impossible de
lui en faire boire une goutte ; mais je vois à présent
qu'elles ne lui auraient pas fait grand bien. Elle
restait dans un état d'abattement dont elle ne sortait qu'en s'irritant : le médecin me dit de ne pas
la contrarier ; elle n'en alla pas mieux, au contraire,
la fièvre la prit, et sa tête, par instants, commença
à s'égarer. J'étais au désespoir. Alors, Charles me
dit que c'était à cause de vous que Marguerite se

mourait; qu'elle avait un désespoir d'amour pour
vous. Je n'en voulus rien croire ; je maltraitai
même ce pauvre garçon, je lui dis qu'il n'avait pas
le sens commun avec ses idées jalouses; qu'il y
avait trop peu de connaissance et trop peu de rapports entre vous et ma fille pour qu'elle pensât à
vous épouser; que c'était à lui plutôt qu'il fallait
s'en prendre si elle était malade, puisque la santé
et l'humeur de Marguerite avaient commencé de
s'altérer quand il avait cessé de venir nous voir.
Au fond, je ne croyais guère qu'on pût mourir
comme ça d'amour; mais, dans mon chagrin, j'é-
prouvais le besoin de m'en prendre à quelqu'un.
Cependant, pour n'avoir rien à me reprocher, je
résolus de faire une épreuve : je demandai à Marguerite, dans un moment où elle pouvait m'entendre, si elle ne souhaitait pas de vous revoir;
elle me répondit que non, que c'était·inutile, et je
ne vis rien dans son air qui pût me faire croire
qu'elle dissimulait. Il est vrai qu'elle n'avait plus,
pour ainsi dire, aucun air : elle était toute comme
rentrée en dedans; mais, la nuit suivante, elle eut
un accès de fièvre plus violent, avec le délire, et il
me fut impossible de m'abuser plus longtemps.
Charles n'avait que trop raison ! elle prononça votre
nom plusieurs fois, et elle ajouta des choses auxquelles il n'y avait pas à se méprendre. Que pou-
vais-je faire? Le lendemain, quand l'accès fut calmé,

je lui dis que je savais tout, qu'il ne fallait pas qu'elle se désespérât ainsi, que vous aviez un bon cœur et que vous auriez pitié de son chagrin ; que, comme elle était bien gentille, il ne vous serait peut-être pas difficile de l'aimer aussi ; que Dieu est trop bon pour permettre que les affections ne soient pas réciproques ; enfin, tout ce que je pus trouver pour lui rendre un peu de courage et d'espoir. Elle me disait que non, que vous ne l'aimeriez pas, et puis elle finit par me prier elle-même d'aller vous trouver, et je suis venu... »

— Eh bien, dit Joseph, partons ! vous me direz le reste en route.

— Je vous le répète, cependant, monsieur Roland, quoi que j'aie pu dire à ma fille dans ma désolation, afin du moins de tâcher de gagner du temps, je ne vous demande rien, vous n'avez rien fait pour amener cette malheureuse affection...

— Pardon, monsieur Lerond, je ne suis pas à cet égard aussi irréprochable que vous le croyez ; ce n'est pas uniquement le hasard qui m'a amené dans votre maison ; j'avais rencontré mademoiselle Marguerite le matin près de l'étang, je l'avais trouvée charmante, et je l'avais suivie jusque chez elle, sans autre idée, du reste, que de revoir encore sa jolie figure.

— C'est donc ça qu'elle parlait sans cesse dans ses accès de l'étang de Villebon, et que, les premiers jours après votre départ, elle voulait tous les soirs aller s'y promener ! Ainsi, vous la trouviez jolie? vous pourrez l'aimer un peu? Elle est bien changée; mais ça reviendra.

— Soyez tranquille, en acceptant les conséquences de ma faute, ce ne sera pas pour la réparer à demi et de mauvaise grâce.

— La faute était cependant bien légère, et l'aveu que vous m'en faites ne peut pas diminuer la reconnaissance que je vous dois. Je comprends combien, avec votre caractère, vous devez tenir à votre liberté. Enfin, venez toujours : il sera temps de vous engager quand vous aurez vu Marguerite. Depuis qu'elle a l'espoir de vous voir, elle va déjà un peu mieux. J'ai été très-content de Charles dans cette occasion. La chose était dure pour lui : il connaissait ma fille depuis l'enfance; il l'aimait, comme vous avez pu le voir. Elle, de son côté, ne paraissait pas le haïr, et il pouvait se regarder comme fiancé avec elle; cependant, il n'a pas hésité, pour son bonheur, à renoncer à elle, en m'instruisant de ce qu'elle avait dans le cœur.

— Oui, dit Joseph, c'est un brave garçon tout à fait, et je regrette bien vivement la peine que je lui cause; mais, vous le savez, les préférences ne se raisonnent pas. C'est un malheur quelquefois, sans doute, mais c'est peut-être plus souvent un bien;

car, grâce à cet aveuglement, chaque individu,
quel qu'il soit, a la chance de rencontrer dans sa
vie une affection sincère!

VIII

Tout en continuant leur conversation, Joseph et M. Lerond s'étaient rendus à la voiture de Meudon, dans laquelle la présence de quelques autres voyageurs les obligea à garder le silence.

Le jeune homme put donc réfléchir, chemin faisant, à cette nouvelle complication d'une aventure qui avait eu déjà des circonstances si fâcheuses pour lui, et sur les suites de laquelle il n'avait pas été, du reste, sans conserver quelques appréhensions, lors de son départ de Villebon. Il ne s'attendait pas, néanmoins, à être mis au pied du mur par un dénoûment si brusque et si impérieux. Nulle issue ne lui apparaissait pour s'y soustraire. Il voyait bien, il est vrai, que le garde n'éprouvait qu'un enthousiasme fort médiocre à l'idée de l'avoir pour gendre, et que Charles ou tout autre robuste garçon d'une profession régulière lui eût infiniment mieux convenu; mais, dans l'état urgent des choses, il n'y avait aucun profit à tirer de cette répugnance. La maladie de Marguerite, qui ne permettait à Joseph de prendre conseil que de son humanité, devait, à plus forte raison, soumettre M. Lerond à sa tendresse paternelle, sans laisser rien considérer que l'exigence du moment.

Quant à l'inégalité de plus d'une sorte qui devait se trouver dans cette union, il était visible que, non plus que sa fille, le garde n'en avait pas conscience. En eût-il été autrement, il n'aurait vu là, avec ses idées d'ordre et de hiérarchie innées, qu'un motif de plus pour ne pas désirer personnellement l'alliance à laquelle il se résignait.

Qu'on ne s'y méprenne pas pourtant : son affection pour Joseph était sincère; mais il l'aimait comme un être à part, et, sans le considérer tout à fait comme un enfant (car l'intelligence et le caractère distingués du jeune homme ne pouvaient lui échapper), il lui était impossible de voir en lui un homme dans la double acception du mot. On peut dire même que c'était presque autant pour Joseph que pour sa fille qu'il redoutait l'accomplissement des souhaits de celle-ci, bien qu'il y eût accédé à beaucoup moins. Cette répulsion instinctive, combinée avec une estime et une bienveillance *sui generis*, est, du reste, un sentiment que les poëtes sont assez accoutumés à inspirer aux pères et aux mères de famille. On les accepte à titre d'hybrides; sur ce pied-là, on les accueille et on les choie volontiers; mais toute prétention de leur part pour sortir de leur rôle exceptionnel excite l'étonnement et souvent même l'indignation. On ne veut pas les prendre au sérieux, ce qui est bien triste pour eux : le sérieux du monde est en général si respectable !

Dans la circonstance présente, le rôle passif que Joseph Roland se trouvait remplir n'eût pas sans doute désarmé tout ressentiment contre lui; mais M. Lerond était un homme trop juste et trop sincèrement bon pour vouloir que le fait fût réputé pour l'intention, ainsi qu'on retourne communément le proverbe.

L'entrevue de la jeune malade avec Joseph fut naturellement un peu contrainte, malgré la simplicité et la bonté que ce dernier y apporta. Il n'y eut pas là cet ineffable élan de deux cœurs également épris qui se trouvent réunis après une sépa-

10

ration désespérée, et qui oublient le monde entier
pour s'ouvrir l'un à l'autre dans l'extase d'un
bonheur commun. Marguerite, confuse et même
un peu effrayée de l'initiative qu'elle s'était attri-
buée, reprenait déjà, par une de ces évolutions
familières à son sexe, l'attitude de la réserve et de
l'attente. Joseph, quoiqu'il fût réellement touché
de la preuve irrécusable d'affection qu'il recevait
d'elle, et rempli de compassion pour les souffrances qu'elle avait endurées à cause de lui, ne pouvait être nécessairement que très-au-dessous de la
situation. La sensibilité, la pitié, la douceur et la
simple tendresse étaient de la glace là où la plus
ardente passion n'eût pas semblé exagérée.

Joseph, en rentrant chez lui, se hâta d'écrire à
son père ce qui lui arrivait. Il lui fit part, sans
subterfuge, de toutes les circonstances de cette aventure, et il termina en le priant de vouloir bien con-
sentir à un mariage qui, disait-il, « n'est pas précisément celui que j'aurais rêvé, mais qui n'en sera
peut-être pas moins heureux. »

Deux jours après, courrier par courrier, il recevait la réponse de son père. M. Roland, après
quelques mots de regret qui indiquaient qu'il avait
eu d'autres vues pour *l'établissement* de son fils,
donnait son approbation à la conduite de Joseph.
Il désirait seulement qu'avant le mariage, sa future
bru, dont l'éducation avait été plus que négligée,

passât une année au couvent des Oiseaux, où il
avait une de ses parentes religieuse. A cette condition, qu'il jugeait indispensable, il accordait son
consentement.

Joseph craignait que Marguerite ne se montrât
pas si convaincue de la nécessité de savoir au moins
lire ses prières et signer son nom ; mais il se trom-
pait : elle accepta avec tout le courage possible
l'obligation qui lui était imposée, et parut plus satisfaite de l'empressement qu'avait mis Joseph à
écrire à son père qu'affligée du délai exigé par ce
dernier.

A partir de ce moment, sa convalescence marcha
rapidement, secondée par l'influence de sa volonté.
Au bout d'un mois, il ne restait d'autres traces
extérieures de la crise qu'elle avait subie qu'une
expression plus réfléchie sur son joli visage, qui
avait repris toute la fraîcheur et le doux modelé
de la jeunesse.

Joseph fit alors ses adieux à sa fiancée, dont
cette fois il se borna à baiser la main, et il repartit
pour Orléans après avoir cherché inutilement à
revoir Charles, son modeste et généreux rival. Le
jeune garde avait demandé son changement et
venait de partir pour Compiègne, sans prendre
congé de son cousin.

Le lendemain du départ de Joseph, M. Lerond
conduisit Marguerite au couvent des Oiseaux, où,

pour la première fois probablement, était admise
une écolière de cet âge, si complétement illettrée.
M. Roland avait pris soin d'écrire à sa parente,
la mère Sainte-Eulalie, afin de lui recommander
la jeune fille. Cette religieuse, qui avait été mariée,
connaissait parfaitement le monde. Comme elle se
trouvait être une des institutrices, il lui fut permis
de prendre Marguerite sous sa direction particulière, qui était aussi éclairée que possible.

L'année qui suivit s'écoula assez doucement
pour Joseph. Il avait entrepris un travail philoso-
phique d'assez longue haleine, qui absorbait la plus
grande partie de son temps, de sorte qu'il n'avait
nul besoin et n'éprouvait guère plus l'envie d'aller
à Paris. Il y fit seulement deux voyages de quelques jours, par convenance et par raison, pour
visiter son futur beau-père et reprendre langue
auprès de ses amis littéraires, car il ne voulait pas
trop s'*orléaniser*.

M. Roland avait désiré que le mariage de son
fils restât secret jusqu'au moment où il devrait
s'accomplir, et lui-même, une fois bien renseigné,
avait cessé d'en ouvrir la bouche et de s'en occuper
en aucune façon. Joseph peu à peu avait fait de
même, et il dut lui arriver plus d'une fois de
s'étonner en se rappelant qu'il avait à Paris une
fiancée qui l'attendait.

Dans une ville qu'il habitait depuis plus de trente

ans, M. Roland comptait naturellement de nombreuses connaissances ; mais il avait peu de relations intimes. Il était généralement estimé et jouissait d'une considération proportionnée à sa fortune ; mais il était peu recherché. Les commerçants ne lui pardonnaient pas sa naissance, ni les gentilshommes, de fait ou d'intention, sa profession. Quant à lui, il savait prouver, le cas échéant, qu'il était aussi bien élevé que ceux-ci et aussi habile que ceux-là, et pardonnait également aux dédains des uns et à la rancune des autres. Depuis quelques années, cependant, il avait trouvé, ou, pour mieux dire, retrouvé un ami à Orléans. C'était un de ses anciens camarades de l'armée des Princes, qui, après la révolution de juillet, était venu habiter une propriété qu'il avait achetée dans le voisinage de la maison de campagne de M. Roland.

Le baron de Roze, officier supérieur de la garde royale, avait épousé une sœur de M. d'Abron, le parrain de Joseph. Lorsqu'il vint à Orléans, il était veuf, mais accompagné de sa belle-fille, restée veuve elle-même avec une fille qui comptait à cette époque six ou sept ans. Joseph, emporté par ses caravanes, avait peu vu cette famille, dont la physionomie sérieuse, attristée par des deuils de plus d'une sorte, n'était pas propre d'ailleurs à le séduire. Aussi, lorsque, après son dernier re-

tour, son père lui dit qu'il désirait le présenter à
M. de Roze, il ne put s'empêcher de demander si
c'était bien nécessaire.

— Indispensable, répondit le père.

Sur ce mot, Joseph se résigna de bonne grâce
à la visite, tout en se promettant bien de ne pas
la renouveler plus souvent qu'il n'y serait obligé;
mais le bâillement anticipé qu'il avait couvé pendant le chemin s'évapora, dès qu'il se trouva en
présence de la famille de Roze, pour faire place
à un sentiment de charmante surprise.

M. de Roze était un de ces beaux et gracieux
vieillards comme il a été donné aux hommes de
notre génération d'en connaître encore quelques-
uns, souriant et bien tenu, et non moins au moral
qu'au physique, aussi élégant de caractère et d'humeur que de manières et de langage, sans nulle
affectation cependant, ni prétention à la jeunesse;
indulgente et aimable figure, qui, bien qu'un peu
pâle, plaidait avec avantage en faveur de l'ancienne
éducation.

La belle-fille, jeune encore, était une petite
femme menue, délicate, n'ayant qu'un souffle de
voix, ne faisant pas plus de bruit et ne tenant guère
plus de place qu'une ombre, très-active pourtant
et d'une intelligence ferme et vive à la fois, cachant
un fond de tristesse sous une aménité et une
égalité d'humeur plutôt acquises que naturelles;

une de ces personnes dont il faut découvrir les qualités une à une, et qui sont douées du rare privilége d'imposer davantage à mesure qu'on les connaît mieux.

Quant à sa fille, mademoiselle Estelle de Roze, c'était, pour la peindre d'un mot, une perle. Ce mot, en effet, en s'appliquant à elle, n'était pas une comparaison, mais une image, tant il y avait en sa personne, et même, pour ainsi dire, dans son esprit et son âme, de blancheur semi-transparente et irisée, de limpidité voilée, de délicate et pudique virginité. Sa voix faisait penser à la fleur qui chante et à l'eau qui parle des contes de fée. Ses yeux bleus, lorsque le regard les rencontrait, faisaient éprouver cette impression particulière que produit la contemplation du ciel ou de l'onde qui le reflète. L'expression d'air tissé, que les anciens employaient pour peindre certaines étoffes, était presque applicable à la peau diaphane de mademoiselle de Roze, et ses cheveux eux-mêmes ne semblaient faits que de lumière. Elle était grande, mince comme une guêpe, légère et souple comme un oiseau.

Elle fit sur Joseph l'effet d'une apparition.

Accueilli par la mère et le grand-père avec une affectueuse politesse, complimenté gracieusement sur ses succès littéraires, émerveillé par la céleste beauté d'Estelle, le jeune homme fut littéralement transporté de cette visite qu'il s'était promise si ennuyeuse. Il n'était pas entêté, ainsi qu'on le sait ; aussi retourna-t-il souvent, et même sans son père, chez M. de Roze, et il y alla tant et si bien, qu'un beau jour il cessa tout à coup d'y aller. Son père lui en demanda la raison.

— Je me suis aperçu, lui répondit-il franchement, que j'étais beaucoup plus touché des grâces de mademoiselle de Roze que cela ne m'est permis dans ma situation, et j'ai cru devoir désormais éviter autant que possible de la revoir.

— Ainsi, lui dit son père, vous n'auriez eu aucune répugnance à l'épouser ?

— Une pareille union m'eût rendu, au contraire, le plus heureux des hommes ; mais je n'étais pas digne d'obtenir pour compagne une si angélique créature.

— Je l'avais rêvée pour vous cependant.

— Oh ! de grâce, ne me dites pas cela. Je suis séparé d'elle à jamais, et il m'est interdit même de le regretter. Il faut, si je ne puis être heureux moi-même, que je fasse du moins le bonheur de celle qui va se trouver bientôt liée à mon sort. C'est mon devoir.

— Sans doute ; mais jusque-là du moins je désire que vous n'interrompiez pas entièrement vos relations personnelles avec nos voisins. Maintenant que vous connaissez mademoiselle de Roze, elle ne serait pas moins dangereuse pour vous de loin que de près.

— Oh! certes, il eût mieux valu pour moi que je ne la visse jamais.

— Qui sait? rien n'est fait encore.

Ces paroles de M. Roland eurent pour résultat de mettre dans le cœur de son fils cet atome de vague espoir qui lui manquait pour devenir éperdument amoureux. Il en vint bientôt à se dire que le mariage dont il était menacé avait été trop singulièrement amené pour qu'il pût s'accomplir. Il n'eût cependant rien voulu faire pour l'empêcher; mais il se flattait que la Providence interviendrait enfin et prendrait sa défense contre le hasard. Selon lui (et il n'avait peut-être pas tort), l'abnégation dont il avait fait preuve méritait bien cela.

Joseph n'était pas pourtant toujours si ingénument rassuré, et il y avait des instants où il désirait de voir arriver le moment où son sort serait irrévocablement fixé. Il voyagerait alors; mademoiselle dé Roze se marierait elle-même, quitterait peut-être Orléans. Toute cette perspective n'avait rien de bien consolant; aussi, le jeune homme tâchait-il d'en détourner ses yeux et de s'endormir au bord de l'abîme. Heureusement son père avait veillé pour lui.

Un matin, M. Roland entra dans sa chambre.

— Voici, lui dit-il, une lettre que je viens de re-

cevoir de Paris ; elle vous intéresse autant que moi.
Lisez-la.

Et il sortit, après avoir remis à Joseph une lettre
d'une écriture inconnue, et dont nous demande-
rons la permission de ne pas reproduire l'ortho-
graphe inexpérimentée. Elle était ainsi conçue :

« Monsieur,

» Je viens vous prier de vouloir bien rendre à
monsieur votre fils la promesse de mariage qu'il
m'avait faite par humanité et par bonté, et que,
dans mon inexpérience de toutes choses, j'avais
cru pouvoir accepter, après l'avoir presque solli-
citée. J'ai trouvé dans cette maison une personne
dont les instructions m'ont fait comprendre combien ma conduite avait été déraisonnable, pour ne
rien dire de plus. Elle m'a fait voir toute la distance qu'il y a entre votre fils et moi, sous tous
les rapports, et j'ai senti qu'il ne pourrait jamais
trouver le bonheur dans une union si mal as-
sortie. Je le prie du fond du cœur de vouloir bien
me pardonner le souci que je lui ai causé. Mon
ignorance était mon excuse. Quant à vous, monsieur, je vous serai reconnaissante jusqu'à mon
dernier soupir de m'avoir envoyée ici, non pour le
peu d'instruction mondaine que j'aurai pu y ac-
quérir, mais pour les leçons que j'y ai reçues de la

mère Sainte-Eulalie, dans la science indispensable
du salut. Cette excellente religieuse a été vraiment
ma mère spirituelle. C'est à vous, monsieur, que
j'ai l'obligation de me trouver placée sous sa pieuse
direction. Je vous devrai ainsi, j'espère, le bonheur
éternel. Mon intention est de rester dans cette
maison comme novice converse, jusqu'à ce que
mon âge me permette de me consacrer au service
des malades. C'est là, je le sens, ma vocation.

» Recevez, je vous prie, l'assurance du respec-
tueux dévouement de votre très-obéissante et très-
humble servante,

» MARGUERITE LEROND. »

Joseph fut touché jusqu'aux larmes de la modeste mélancolie qui respirait dans ces lignes in-
génues. Peut-être, s'il n'eût été jusqu'alors qu'indifférent pour la fille du garde, serait-il parti
immédiatement pour Paris, afin d'essayer de la
ramener à lui; mais il aimait ailleurs, et il ne put
que se réjouir avec remords du dénoûment inat-
tendu de cette aventure où il avait joué un rôle
si complétement passif. M. Roland, connaissant
son fils très-capable de s'obstiner par pur point
d'honneur à ce mariage, avait préféré confier ce
nœud gordien à délier aux doigts délicats d'une
femme, au lieu de le trancher seulement pour

quelques mois peut-être par un coup de son autorité paternelle.

Nous n'avons pas besoin d'ajouter qu'il n'avait rien demandé de plus à sa parente que d'éclairer les yeux et le cœur de l'élève qu'on lui confiait, et de l'amener par cela seul à renoncer d'elle-même à ses exigences. Il était incapable de pousser l'intrigue au delà, et la religieuse d'ailleurs ne s'y fût pas prêtée. Le succès avait été aussi complet que le biais était simple, et l'on pouvait dire que tout le monde, et Marguerite la première, y trouvait son compte.

Joseph épousa, quelques mois après, mademoiselle de Roze.

Les deux familles continuèrent à habiter ensemble la propriété de M. de Roze : ce ne fut qu'après la mort de celui-ci et celle de M. Roland, que monsieur et madame du Catel vinrent passer leur hiver entier à Paris, six mois environ après l'année où débute cette histoire.

Joseph rencontra plusieurs fois dans le monde madame de P..., qui avait aussi changé de nom. Malheureusement, elle n'avait pas borné là sa métamorphose : cette beauté célèbre était devenue d'un embonpoint phénoménal, et, suivant l'usage, elle avait pris pour mari une véritable allumette près de laquelle sa rotondité acquérait, par le contraste, les proportions d'une charge. En outre, elle se posait en femme politique et affichait des opinions assez avancées ; ce qui fut cause que Joseph ajouta ce petit quatrain aux vers nombreux qu'elle lui avait jadis inspirés :

> Isabeau, politique en jupe,
> De plus énorme et grasse à lard,
> Veut que des masses on s'occupe :
> Quel égoïsme de sa part !

On voit que la philosophie et le mariage n'avaient pas entièrement fait négliger à Joseph le culte de la rime. Il n'a pas encore publié son grand ouvrage ; mais qu'on se rassure, il s'en occupe toujours de temps en temps.

Il n'a jamais revu ni M. Lerond, ni le cousin Charles, auxquels ses relations l'ont mis à même d'être utile à diverses reprises, sans qu'ils le sussent.

Quant à Marguerite, il avait appris qu'elle était, en effet, entrée dans l'ordre des sœurs de Sainte-Marthe, qui a pour double mission d'instruire les enfants pauvres et de soigner les malades.

Un jour, il y a de cela quelques années, il se promenait avec sa femme sur le boulevard, donnant la main à un de ses enfants, charmante petite fille de trois ans, dont les questions incessantes l'obligeaient à marcher la tête inclinée, lorsque madame du Catel réclama aussi son attention avec insistance.

— Voyez, mon ami, lui disait-elle ; regardez cette jeune religieuse qui vient vers nous ; à trente pas environ : elle se détourne pour prendre le bord de la chaussée. Voyez quelle angélique et charmante figure ! quelle pureté ! quelle sérénité !

Joseph avait reconnu immédiatement Marguerite, aussi fraîche sous la coiffe blanche de la sœur de Charité qu'elle lui était apparue au bord de l'étang de Villebon, mais à coup sûr plus belle encore, car les lignes de sa figure étaient restées aussi pures, aussi jeunes qu'à cette époque, et l'expression s'en était ennoblie et idéalisée. Elle passa près de Joseph sans donner le moindre signe d'émotion, sans détourner ses yeux fixés droit devant elle.

— Allons, pensa-t-il, tout a été pour le mieux. Elle est heureuse aussi : elle m'a oublié !

Elle devait pourtant se souvenir de lui, du moins dans ses prières, et comme du premier malade qu'elle eût soigné.

FIN.

TABLE DES CHAPITRES.

—

FIN DE LA TABLE DES CHAPITRES.

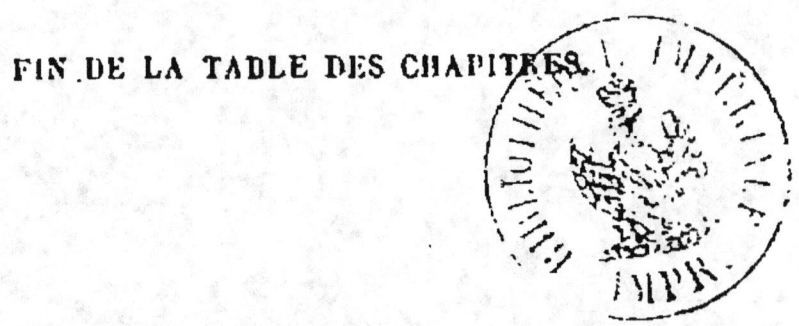